ドリフター

梶永正史

双葉文庫

目次

ドリフター

プロローグ

それは、太陽が真上から照りつける、バリ島の風景だった。

ホテルのバルコニーから撮影された映像で、南国インドネシア特有の濃い緑と、水平線から立ち上る巨大な入道雲のコントラストがどこまでも深かった。

スマートフォンのカメラは右を向き、母親と五歳くらいの娘が笑みを浮かべながら手を振る様子を捉えた。赤道の陽光を反射する白い肌と、母娘そろいの美しい金髪が風に揺れている。親子が交わす言葉はブークモールと呼ばれるノルウェーの公用語のひとつで、統治されていた時代のデンマーク語に近いものだった。

画面の下に字幕が表示された。

「フィル？　ちょっとこっちに来なさい」

カメラを構えているのは父親で、彼の息子を呼んだ。

フィルと呼ばれた男児もやはり金髪で、そばかすに覆われた頰を持ち上げて目を細めている。その表情からはティーンエイジャー特有の反抗心も見てとれた。

家族は旅行でこの地を訪れ、ホテルにチェックインしたばかりであり、やたらとクッションが多いL字型のソファーやハイビスカスの花びらが撒かれた分厚いマットレスのベッドルームなど、ゴージャスな内装をカメラに収め、祖国とはまったく違う国の旅のはじまりに興奮していた。

カメラはふたたび町並みを捉えた。

周辺には他にもリゾートホテルが建ち並んでいたが、どれもが木々からやや頭を出すくらいなのは、景観保護を目的にバリでは建築物に対して高さ制限が設けられているためだ。撮影者の部屋は四階に位置していたが、それでもこのホテルでは最上階だった。

眼下でゆらゆらと太陽を反射するプールには、泳ぐよりもプールサイドで肌を焼いている人のほうが多い。街を行き交うひとたちの国籍はさまざまだったが、誰もがみな楽しげだという点では共通していた。

そのとき画面が激しく揺れた。地鳴りのようなくぐもった音に家族が悲鳴をあげる。撮影していたスマートフォンを足元に落としたのか、ここではじめて父親の顔が映るが、カメラはすぐにまた外を向いた。

百メートルほど先にあるリゾートホテルの一階あたりから激しく煙が立ち上っていた。そこから這い出るひとの姿を認め、救助に向かう市民。泣き叫ぶ子供の声、悲鳴とサイレンが交ざり合い、時間の経過とともに周囲は混乱の色に包まれていった。

「ご覧頂きましたのは、偶然現場に居合わせた旅行客が動画投稿サイトに投稿したものです。これを見ても爆発の凄まじさが伝わってきます」

ベテランの男性アナウンサーがフリップボードを目の前に立て、カメラはそこにズームインした。画面の右上には『バリ島で爆弾テロ』とテロップが出ている。

「現場となったのは高級ホテルとして名高いスターシーズンホテルの一階にあるバーで、事件当時、多くの観光客で賑わっていたようです」

事件前のバーの写真がインサートされた。

バーはプールサイドにあり、バリの雰囲気をふんだんに出したつくりになっていた。そこに映るひとたちは、だれひとり不幸せな者はいないのではないかというくらいに、みな満ちたりた笑みを浮かべていた。

「事件直後、アザゼールというインドネシアの反政府組織が犯行声明を出しており、当局では観光客を狙った無差別テロとして捜査をしています」

一転して無残に破壊された店内の様子が映し出された。テレビを通しても焦げ臭さが伝わってくるようだった。

「在インドネシア日本大使館によりますと、日本人観光客も多数巻き込まれており、現在のところ死者一名、重軽傷者を含めると十名以上が被害に遭っている模様です。また、ひとりの日本人男性と連絡がとれない状態にあるということで、現地警察と連携し、その安否確認を急いでいます」

画面が変わり、日本列島の地図が表示された。

「つづいては全国のお天気です」

第一章　オゴオゴ

東武線堀切《ほりきり》駅近くの荒川河川敷。深夜の二時を過ぎていても、今夏の最高気温を更新した昼間の太陽熱をまだ放射しきれていないのか、蒸し暑い空気が周囲を満たしていた。

頭上を覆うのは上下二段の高架構造の首都高速六号線で、都心側から四百メートルほど荒川を横切った対岸の堀切菖蒲園《しょうぶえん》にある堀切ジャンクションで左右に分かれ、中央環状線として川に沿うように伸びている。

堀切という名称が荒川両岸にあるのは、この周辺がかつては地続きであり、大正時代に行なわれた荒川放水路掘削によって分断されたその名残である。その荒川の広大な河川敷には野球場や公園などが整備されており、市民の憩いの場として親しまれていた。

しかし、首都高を仰ぎ見るこの場所は忘れられたかのように整備がされていなかった。サッカーコート二面分に相当する面積を、背丈ほどの高さのヨシが群生している。

その草むらを乱暴にかき分ける男たちがいたが、真夏の夜を謳歌《おうか》する虫たちの声は途切れることはなかった。

先頭を走る男はこのあたりを根城にしているホームレスで〝タカさん〟と呼ばれてい

た。明るい性格で面倒見が良いことから仲間たちに慕われていた。

それを追う複数の影は、不穏な笑い声で囃《はや》し立てている。

ヨシの茂みをかき分け、タカは荒川のほとりまでたどり着いた。対岸まで泳いで渡れば追いかけてはこないだろうとシャツを脱ぐそぶりを見せたが、その手が止まった。男たちに取り囲まれたからだ。

薄ら笑いを浮かべながら距離を詰めてくる。その数は六人。うち四人は金属バットや鉄パイプなど、明らかに本来の用途を逸脱した方法で使おうとしており、つまりそれらは凶器以外のなにものでもなかった。

ブルーシートで作られたタカという男の家が襲撃されたのは五分ほど前のことだった。ただホームレスというだけで、男たちのターゲットになった。

男たちが『ゴミ掃除』と称してホームレスを襲撃するのはこれがはじめてではなかった。

そこに特に意味はない。単なる憂さ晴らしだった。

はじめはちょっと驚かすくらいだったのが徐々に快感になり、暴力はエスカレートした。いまは、なにかのはずみで殺してしまうかもしれない――という危機感は快楽に覆われてしまい、むしろホームレスが相手なら罪悪感は少なくて済むとすら思っていた。

「おっさん、おっさん。すかーっと殴られてほしいんだよね。そしたら俺たちは気分が良くなって、明日からしっかり働けるわけ。つまりおっさんも社会貢献できるわけよ」

ひゃひゃっと薄い笑い声が躍る。

「ちったぁさ、おっさんも役に立てよ。税金も納めねぇでよぉ、毎日毎日、ぐだぐだしやがってよぉ」

男は言い終わる前に金属バットを振り下ろしたが、タカが意外なほど機敏な動きで避けたため、それは地を打った。

ぎゃはは、空振りー！　ワンアウト！　と仲間から囃し立てられた男の目が血走る。

「逃げ足だけは素ばしっこいなぁ、おらぁ！」

薙《な》いだバットが、今度はタカの丸めた背中を捉えた。ズン、と鈍い音が周囲に響く。体を捩《よじ》り、その場から逃れようと立ち上がったタカの背中を別の男の飛び蹴りが襲い、タカは三メートルほど地面を転がされた。

「や、やめてくれよぉ」

可能な限り体積を小さくしようとするかのように体を丸めながら叫んだが、悲痛な声は男たちを扇動することにしかならなかった。

「やめるわけないじゃん。今日は頭を割ってみようかなぁ、脳みそ見たくね？」

また、ひゃひゃひゃと囃し立てられた声に押されるように、男は金属バットを大きく振りかぶった。その言葉が冗談ではなく本心であることは、やけに冷たい表情で狙いを定めているところからも明らかだった。そしてなんの躊躇《ためら》いもなく振り下ろした。渾身の力で、まるでスイカを割るように。

しかしそうはならなかった。

ひとつの影が男の懐に潜り込んだ。そのため振り下ろしたバットは空を切り、男は仰向けに倒れた。しかも、倒れる前に顎が砕かれていた。

あっけに取られていた五人の仲間達だったが、それが別のホームレスだったことに一瞬驚愕の表情を見せたものの、仲間が倒されたという驚きよりも、ホームレスを襲うこと、場合によっては殺しても構わない正当な理由を見つけたとでもいうように、不敵に口角を歪ませていた。

そのホームレスは伸び放題の髭《ひげ》に後ろで結わえた長い髪、よれよれになったシャツの胸元からは浮き上がった鎖骨と肋骨が見てとれた。

眼には生気がなく窪んでいたが、まるで重油のような、黒くぬめり気のある不気味な光が揺れていた。

「死ねやおっさん！」

五人の男たちが一斉に襲いかかった。

木刀が振り下ろされた。不気味なホームレスは背を向けながらその腕を摑《つか》むと一本背負いをするような体勢で懐に潜り込み、自らの肩を支点にしてへし折った。その音は、男の悲鳴よりも大きく響いた。

真正面から襲ってきた男にはガラ空きの鳩尾《みぞおち》に素早くつま先を蹴り込ませて呼吸を奪い、下がった頭を両手で抱え込みながら膝を叩き込んだ。涙骨から鼻腔《びくう》が破壊された。

背後からナイフが突き出されたが、振り向きざまにその腕をからめ取り、握られたままのナイフをその持ち主の腹部に刺した。

激しい動きは十秒ほどだった。地面には六人の男たちが悶絶し、あるものは意識を失って倒れていた。

そのホームレスは息を乱すこともなく、黒目がちな眼で、その様子を見下ろしていた。

向島《むこうじま》警察署の刑事、曽根《そね》は取調室にいた。署内での喫煙が全面的に禁止されてから久しいが、今は煙草が吸いたくてしかたがなかった。

机を挟んで座るホームレスの男の臭いをごまかしたかったからだ。

取調室だから空気を入れ替えられるような大きな窓はついていない。鉄格子付きの小さな窓が天井近くにあるだけだ。

貧乏くじだったな、と曽根は思う。

大学受験を控える息子のことで妻と言い合いになり、辛気臭い家に帰るのが嫌で当直を他の刑事と交代してやったのだ。

向島署は、東京スカイツリーから二キロほど東に位置しているが、付近に観光スポットや大型のショッピング施設、ホテルなどがあるわけではなく、主に住宅街がその管轄地域を占めている。

そのため深夜に呼び出しがかかるとすれば交通事故か酔っ払いがたてる騒音の苦情くらいなものだから、今夜のうちに溜まった書類を片付けてしまおうと思っていたところに一一九番通報がもたらされ、その内容から警視庁へも転送された。

——荒川の河川敷で六人の男が倒れている。救急搬送が必要な状況で、犯人は自分である。

現場から最寄りである向島署鐘ケ淵《かねがふち》駅前交番の警察官二名が現場に急行したところ、通報通りであることが確認された。

通報した本人は、臨場した警察官に名乗り出た。そして全ては自分が行なったことであると申告したため、向島署に連行されてきたのだ。

「名前は？」

「豊川《とよかわ》……亮平《りょうへい》です」

水分を失った空気のような、かすれた声だった。

「漢字は？　これに書いてくれる？」

差し出した用紙には、氏名の他に生年月日と現住所、電話番号などを書く欄があったが、埋められたのは、名前と生年月日だけだった。

「だれか身分を証明できるひとはいる？」

豊川は首を横に振る。

こんなに生気のないやつが六人の男を病院送りにしたとは思えない。ひょっとしたら、寝床と食料を得るために虚偽の申告をしているのではないだろうか。

そんな目配せを背後に控える新人刑事に送る。新人は小さく肩をすくめた。

ふと見ると豊川は欄外に数字の羅列を書き始めた。十二桁の数字が二列あった。

「それは？」

豊川は両手を膝の上に置き、俯《うつむ》いたまま言った。

「上が運転免許証、下がマイナンバーです。いまはどちらも持っていません」

その口ぶりはひどく冷静で、豊川はまるで机の上にセリフが書かれているかのように、視線を落としたまま淡々としていた。

それらの番号を暗記している人間がいるとは思ったことはなかった。暗記したところでなんのメリットもないだろうに、と曽根は疑心に満ちた視線を豊川に向けたままその紙を摘み上げてひらひらと掲げると、新人刑事は照会するためにそれを持って部屋を出ていった。

「あんた、あいつらを倒したってことだが、どうやったんだ。ボクシングでもやっていたのか？」

もし格闘技などの経験者であれば、その肉体は凶器とみなされる可能性がある。

「いろいろと……」

「たとえば？」

「ＣＱＣ……とかです」

曽根は上半身をパイプ椅子の背もたれにあずけた。軋《きし》む音が悲鳴のようだった。

CQCは〝Close Quarters Combat〟の略で、軍隊や警察における至近距離での格闘術のことだ。警察での逮捕術においても、これを応用した技がいくつかある。

そこに新人刑事が入ってくると、無言でA4用紙を渡してきた。そこには豊川の経歴が記されていた。読み進め、自身の記憶に思い当たると曽根は目を見開いた。

「あんた、あの豊川さんだったのかい……」

豊川はふと目線をあげたが、引力に導かれるように、また目を伏せた。

曽根はもういちど資料に目を落とす。

いまから二年前、インドネシアのバリ島で無差別テロが発生し、多くの日本人観光客が事件に巻き込まれた。

豊川亮平も、その被害者のひとりだったが、特に印象深いのには理由があった。

このテロでは日本人女性ひとりが犠牲になっているが、豊川はその恋人であり、さらに豊川自身が現地大使館に保護されたのは事件から一年も経った後だったのだ。

ホテルの滞在記録、入国記録から、一名の日本人男性と連絡がとれないことがわかっていたが、爆発の際、頭部に怪我をしたようで、それに起因した記憶喪失になっていたという。

どこでどう過ごしたのか。インドネシア国内を放浪し、一年を経てようやく保護されたのだ。

この事実はいくつかのマスコミにすっぱ抜かれたものの、大使館が氏名や経歴などの公表を控えたため、各報道機関も仮名で報じるだけにとどまった。

――恋人の死を理解できないまま異国を彷徨《さまよ》っていた哀れな男。

豊川は元陸上自衛官で、事件に巻き込まれたのは退官直後だったと記録にはあるが、かつての仲間たちのなかに手を差し伸べる者はいなかったのか。どうしてホームレスにまで成り下がったのか。

曽根は同情と憤りの入り交じった複雑な感情で豊川を眺めた。

そこにまた新人刑事が顔を覗かせる。

「本庁から」

ひとことそう言った。

「やれやれ、こんな時間に電話か?」

両膝に手を添え、突き伸ばすようにして立ち上がる。

「あ、いえ、ここに」

部屋の外を視線で示した。

ここにいる？　いったいなんの用だ。

新人と聴取を代わって部屋を出ると、すぐ前に人の良さそうな初老の男が立っていて、曽根は怪訝な顔を戻すタイミングを逸してしまった。

「こんな時間に申し訳ありません。捜査一課の宮間《みやま》と申します」

掲げた警察手帳には宮間一郎《いちろう》の名があり、階級は曽根よりひとつ上の警部だった。

「向島署刑事課の曽根です。捜査一課、ですか」

曽根が言うと、宮間は柔和な笑みを返してきた。

「身柄を確保した豊川ですが、私のほうで面倒を見させていただけませんか、というお願いなんです」

「どういうことなんです？」

「実はいま水面下で捜査している事案について彼の協力が必要なんです。もちろん、後日必要に応じて追加聴取をしていただいても構いません。ちなみに彼は起訴相当でしょうか」

「いえ、状況から先に手を出したのは病院送りにされた連中の方で、過去にも同様の犯行を行なってきた疑いがあります。豊川は自衛隊出身で格闘技の覚えがあることから、過剰防衛にあたるのか検証していましたが……まあ、相手は複数で凶器を持っていたわけですし、書類送検しても不起訴になるんじゃないですかね」

豊川は逮捕勾留されているわけではない。あくまでも任意で話を聞くためにここにいるだけだ。豊川本人が協力に同意すれば、曽根に引き渡しを拒む理由はないし、宮間が引き継ぐのであれば身柄は警察の管理下にあることは間違いなく、問題は生じない。

しかし捜査一課が追っている事件に豊川がどう関係するのだろうか、と曽根は眉根を寄せた。

「ちなみに、それがなにかは……教えていただけないんでしょうね」

曽根が自虐的に言うと、宮間はまた相好《そうごう》を崩した。

「いやぁ、なにしろまだ表に出せない件でしてね。申し訳ない」

宮間はそう言って二度頭を下げた。引退間際の歴戦の刑事という印象だったが、ずいぶんと腰が低い。

「ところで、彼があの豊川というのはご存知で？　バリの……」

「ええ、ええ。もちろん知っております。まさかホームレスになっていたとは驚きましたが」

「そうですね。私はこの一件のあと、なにかしら彼にサポートをしようと考えていたのですが」

宮間は顔を輝かせ、何度も頷いた。

「彼には社会復帰の補助を十分するつもりでおります。ご協力をいただくこともあるかもしれませんが、そのときはよろしくお願いいたします」

「そうですか、了解いたしました。どうぞよろしくお願いします」

曽根は頭を下げ、宮間を取調室へ案内した。

「豊川さん、こちらへ」

宮間が、向島署の前に停められたシルバーのセダンの後部ドアを開け、豊川はそれに従った。自身の体臭を気にするだけの心遣いはある。聴取を担当した刑事の表情で察しており、豊川は三分の一ほど窓を開けた。

「すいませんねぇ、もうちょっとだけお付き合いください」

宮間はシートベルトを掛けながら、体を捻《ひね》って対角線上に座る豊川に、八の字に下げた眉を向けた。

仕方がない、と豊川は思った。

なにかと世話を焼いてくれたタカさんを守るためだったとはいえ、奴らを病院送りにしてしまったのだから。

車は滑らかに発進し、明治通りを南に向かって走り出した。ダッシュボードの時計は午前五時を表示していた。

豊川はこの時期の、この時間帯の東京が好きだった。

空はすっかり白くなっているのに街はまだビルの影の中にあってほの暗い。通りを歩く人は少なく、無人の街に迷い込んだような気がするのだ。

どこか幻想的で非日常感が漂う雰囲気。

しばらくはそんな車窓からの眺めを楽しんでいた。だから国道六号線を横切って直進した時も違和感を抱くことはなかった。右折したほうが警視庁に近いことは頭の中の地図でわかっていたが、それを指摘することもしなかった。

しかし国道十四号線を左折したときはさすがに妙だと思った。警視庁本部のある桜田門とは真逆の方向になるからだ。

豊川は思ったことを口にした。

「どこへ……向かうのですか」

宮間はバックミラー越しに目尻を下げた視線をよこす。

「江戸川です。ここから十五分くらいのところです」

豊川は警戒した。宮間は終始、人懐こい笑みを浮かべているが、その仮面の下に陰謀めいた意思を感じたからだ。

ドアのロックを確認するが、解除されたままだった。

「わたしになんの用ですか。捜査協力と言われていましたが」

それが連続ホームレス襲撃事件のことだと思っていた豊川は、宮間を斜め後ろから注意深く観察した。

「ちょっと話を聞いてもらいたいひとがいるんですよ」

警察の捜査ではないと直感し、豊川の胸の内で警報が鳴る。

「どういうことですか。捜査協力って、なんの捜査なんです?」

「まあ、ちょっと特殊な事情なのですよ。それで私から聞くよりも、その人から聞いてもらったほうがいいかなと思いましてね」

豊川は、走行中でありながらドアを開けた。宮間は慌てることなく穏やかな表情のままハザードランプを点灯させ、車を路肩に寄せた。

「すいませんが、面倒ごとは嫌なので」

豊川がホームレスに身を落としているのは、そのためだった。誰からも干渉されたくなかったのだ。

「決して無理強いはしません」

そうですか、と片足を外に出したとき、宮間が言った。

「しかし、お話ししたいのは詰田芽衣《つめだめい》さんのことなんです」

心臓を摑まれたように息が詰まる。海馬の奥に封じ込めていた、素晴らしいが辛く虚しいだけの記憶が、どんなに押さえ込もうとしても封印を突き破り、脳内に溢れてきた。

出会いは神保町にある中規模の書店で、芽衣はそこの書店員として働いていた。

豊川は人間関係の構築について積極的ではなく、プライベートでは特にそうだった。たとえば行きつけの飲み屋やスポーツジムなどのコミュニティーに属することで〝パターン〟化される生活は、何者かが豊川につけ入ろうとした時に隙をつくることに繋がりかねないと考えていたからだ。

それだけ、豊川は自身に課せられた職務に対して緊張を強いてきたのだった。

書店巡りが唯一の例外でやすらぎの時間だったが、同じ書店に足を運んでしまうようになったのは、やはり芽衣の存在があったからだ。

「こんにちは」

二階の文芸書コーナー、平台の新刊を眺めていると、芽衣が声をかけてきた。奥二重のくりっとした目の持ち主で、笑うと左頬にえくぼが浮かんだ。

「読むの、はやいですね。前回こちらに見えられてからまだ一週間たってないのに」

以前、芽衣の勧めで購入した小説は実はまだ読み終わっていない。いつの間にか、この書店を訪れる目的は芽衣に会うことになっていた。

「それは新しいPOP？　見せてもらっても？」

芽衣はお勧めの小説の手書きPOPを作成していたのだが、どれも当を得たコメントと、決まってかわいらしい猫のイラストを添えていた。

「おもしろそうだね、今日はこの本にするよ」

「うわっ、ありがとうございます！」

芽衣からその本を受け取るときに豊川は、ゆっくり話がしたい、と芽衣を食事に誘った。

華奢《きゃしゃ》なのに食べることが好きで酒も強かった。なんにでも笑うひとで、豊川の人生に開いていた穴を埋めてくれる存在だった――。

「二年前にあなたの恋人を死に追いやったバリ島のテロ事件」

ここで宮間は豊川に顔を向けた

「その背後にあなたも知らない陰謀があったとしたら？」

「なん……ですって？」

早朝にもかかわらず蒸し暑い一日になることを予感させる空気だったが、その言葉は豊川の体感温度を真冬のものにした。

まるで風邪の引き始めの時のように悪寒が襲い、身震いがした。奥歯まで小さくカチカチと音を立てた。

「テロの首謀者はインドネシア反政府組織であるアザゼールというテロリスト集団でした。組織はすでに壊滅していますが、当時、その組織を裏で操っていた者たちがいて、いまものうのうと悪事を働いているとしたら?」

予想外のことを言われ、豊川の思考が理解に追いつくまでに時間がかかった。

「なんですか、いきなり」

「お話というのはそのことなのです」

「意味がわかりません」

「芽衣さんがテロに巻き込まれたのは偶然ではない。といえばおわかりになりますか。あなたは彼女が巻き込まれた理由とその背後にある陰謀について知りたくはないですか」

豊川の心は乱された。

テロに巻き込まれたのは偶然ではないのではないかという思いは以前から燻《くすぶ》っていて、それは豊川を苦しめることにもなっていた。

豊川は元陸上自衛官である。しかも特殊な部隊に所属していた。

統合幕僚監部・特殊作戦群。

選りすぐりのテロ対策部隊で日本国内における最強の武装集団といっても過言ではない。その訓練内容はおろか所属隊員の氏名や顔が公にされることはない。稀に式典などに出ることはあるが、その際は制服に黒マスク姿であり、任務の特殊性をその異質な姿で示している。

さらに豊川は特殊作戦群のあとの除隊までの三年間を、防衛省の特別機関で大臣直轄の組織である『情報本部』に所属し、世界各国のテロに関する情報収集とその脅威を分析する任についていた。

そのため、バリでテロに遭遇した時にまっさきに思ったのは、狙われたのは自分ではないかということだった。

任務における機密情報はいくらでも知っているし、自分が気づけていないだけで、狙われるだけの重大な情報に触れてしまったのではないかという可能性を捨てきれなかったのだ。

そのために、自分の巻き添えで芽衣を死なせてしまったのではないか……と。

しかし、それをなぜ知っているのか。

「この案件は、捜査一課の範疇《はんちゅう》ではないはずだ」

「ええ、その通りです。ですが、ここで重要なのは、我々はその情報を持っていて、真偽はあなたご自身で判断できる機会があるということです」

「芽衣を殺した奴らがまだ生きている……？」

「ええ。その〝組織〟は、いまや日本を脅かす存在です」

豊川は暗澹《あんたん》たる気持ちになった。

「協力といったが具体的には？」

「その話を聞いていただきたいのです」

豊川は逡巡したが、知りたいという欲求に逆らうことはできず、結局は踏み出していた片足を再び車に収め、ドアを閉めた。


「こちらへ」

旧江戸川にかかる浦安橋を渡って千葉県側に入り、上流に向かって百メートルほど移動したところで車を降りた。案内されるままにスチール階段を上ると、堤防を越えて旧江戸川沿いの護岸に降りた。一陣の風が吹き抜けて刹那の涼をもたらした。

川沿いにはプレジャーボートの他に多くの屋形船が停泊しており、宮間はそのうちの一隻の前に立った。第二弁天丸と名が記されている。

船には金属製の艀《はしけ》が架けられているが、その入り口の門扉には不釣り合いに思える電子ロックがあった。

「697346——ロックな三四郎——と覚えてください」

宮間はとっておきの冗談とばかりに愉快そうに笑い、豊川の無表情に釣られることなく笑みを湛《たた》えたまま船首側から乗船した。船内へのドアにも電子ロックが設置されていて、その和風なつくりと現代的な施錠デバイスの組み合わせが違和感を放っていた。

「ここも番号は同じです」

「いったい何があるんです。なぜ屋形船？」

「まあ、秘密基地とでも言っておきましょうか。実は差し押さえられた物件を融通してもらっているんですよ」

相変わらずひとを食ったような言い回しだった。

頭を下げて船内に入ると、おそらく七十人くらいで宴会ができそうな、だだっぴろい畳敷きの空間が広がっていた。

ガラス窓の内側には障子があり、淡い光が船内を照らしている。エアコンも効いていて、天井の低さと揺れを除けば家と言ってもよかった。

天上高は二メートルほどあるが、身長が百八十五センチの豊川は圧迫感から頭を下げながら宮間に続いて奥へ進む。突き当たりには小机があり、一台のコンピュータが置かれていた。画面には〝Stand by〟の文字が呼吸するように明滅していた。

宮間はそのコンピュータの前に座るようにと座布団を敷き、豊川はわけがわからないまま腰を下ろす。

宮間が横から手を伸ばしてキーボードのスペースキーを三回連打した。

「呼び出すにはこうするんですよ。あなたを呼んだ張本人です」

とまた笑う。

すると画面が暗転したあと、二頭身のナースのキャラクターが現れた。大きな注射器を背負っていて、ペコリと頭を下げた。

『豊川さん、はじめまして』

女の電子音声だったが、かなり自然な発音だった。

これはなんだと宮間を見やると、質問があるならそのままどうぞと促され、豊川は戸惑いながらも話しかけた。

「お前は、だれだ?」

『私は〝ティーチャー〟です』

「何者なんだと聞いている」

『属性を明示するのは難しいですが、あえていうなら情報の泉かしら。ちなみに、ティーチャーっていうのは「先生」じゃなくて「導師」って意味なの。そこのところよろしく』

ふざけやがって。

豊川は戸惑いを通り越して、怒りに近い感情を抱いた。

「どうして俺を呼んだ?」

『それはあなたが我々の計画を遂行するにあたって最適な人物だからです』

「我々の計画？」

『その通りです。それはあなたが巻き込まれたバリ島でのテロ事件に関係しています』

ちらりと宮間に目をやり、またディスプレイに向き直る。

「芽衣を殺した犯人がまだ生きていると聞いた。それは誰だ」

『その前に、一連の出来事について共通認識を持つことが必要だと思うの。それが信頼関係の構築に繋がるから』

「一体なんについてのだ？　テロについてか？」

『ではいまから話します。もし間違っていたら指摘してください』

見られているのかわからなかったが、豊川は頷いた。

『あなたは恋人の詰田芽衣さんとバリ島を訪れた際にテロに巻き込まれた。その結果、芽衣さんは死亡し、あなたは事件の影響で記憶喪失になり、一年間インドネシアを彷徨っていた』

「その通りだ」

間があった。

「どうした？」

『うーん、ほんとに？』

「なんだと？」

『いえ、やはりこの時間を設けてよかったわ。認識が違えばあとあと問題になるから。

ボタンを掛け違わないよう、ここではっきりとさせておきましょう』

電子音で再現された咳払いが響いた。

『当局の記録を見ると、あなたは記憶をなくした状態で保護されて帰国。しばらくは監視下におかれています。中途半端に記憶が戻って特殊作戦群やテロの情報を喋られては困りますからね。でもあなたはホームレスとなり、いつしか忘れ去られた』

豊川はディスプレイに向かって、また頷いた。

『ふーん、なるほどね』

「なんだ。なにが言いたい」

『恋人の命を奪ったテロ組織〝アザゼール〟は、あのテロの後、指導者が相次いで暗殺されたことにより統率力を失い、崩壊しました。あなたが保護されたのはそのあとなのよね』

「だからなにが言いたいんだ」

『つまりあなたは〝記憶をなくした哀れな男〟ではなかったということ』

「なんだと?」

豊川はそっと唾を呑んだ。

『あなたは記憶を失ってなどいない。一年の間彷徨っていたのも目的があったから。違うかしら』

豊川は沈黙し、相手の意図を探ろうとした。

「どうかな。なにか考えがあるなら言ってみろ」

『あらそうですか。では』

わざとらしい咳払いのあとに、感情のこもらない声が響いてきた。

『あなたが一年間、インドネシアでなにをしていたのか公式の記録はありません。ただし、客観的事実に基づいて考察すると、ひとつの結論にたどり着きます』

コンピュータの画面が切り替わった。インドネシアの地図の上に、赤い点があちこちに表示されていく。そしてある点には注釈が、またある点には監視カメラ映像のサムネイルが付けられていた。

それが豊川の足跡であることはすぐにわかった。どうやって調べたのか、自身が忘れていたことまでしっかりと記録されていた。

『あなたは単に彷徨っていたのではありません。明確な意思を持って行動していました』

「明確な、意思？」

『ええ、復讐です』

ただでさえ合成音声に感情は感じられないが、ティーチャーの声はたとえ人間であってもこのような感じなのだろうと思うほど、冷たかった。

『じゃ、こちらを』

ディスプレイが暗転し、次いでビデオが再生された。

六畳ほどの小さな部屋を斜め上から俯瞰《ふかん》した映像で、テーブルを挟んで二人の男が座っている。背中を向けているのはスーツ姿の男で、手元には資料などがありペンを握っていることから司法職員だと思われた。

その向かいに座っているのはヨレヨレの白いシャツを着た男で、魂が抜けたように突っ伏していたが、ややあって、頭を重そうに持ち上げた。

日本人ではない、というのは二人が話す言葉でわかった。インドネシア語だ。

白シャツの男はひどく動揺しているようで言葉になっていなかったが、やがて顔を上げ、話し始めた。それにあわせて字幕が表示された。

〝あれは、オゴオゴのようだった……。銃弾が飛び交う中でも悠然と廊下を歩きながら撃ちまくっていたんだ。弾が切れたら持っていたライフルで頭を殴りつけ、銃を奪い、また撃ちまくった。あれは……オゴオゴだ〟

『このひとは、アザゼールが拠点にしていた屋敷の使用人。暗殺者に襲われた時の生き残りよ。ちなみにオゴオゴって、バリ島に伝わる鬼のことなんだけど――』

――亮平さん、見て、ほらっ！

鎖骨に触れるところで外側にはねる髪を揺らして芽衣が振り返った。奥二重のアーモンド形の目は黒目がちで、子供のように豊川の袖を小刻みに引っ張った。

芽衣は二十八という年齢よりも幼く見える顔で笑みを振り撒いた。決して垢抜けたタイプではなく、どちらかといえば地味な部類かもしれない。

ブランドに疎い豊川でも、芽衣が着る服はファストファッションで揃えたものだとわかったし、芽衣自身もおしゃれでいられたらいいのに、とそのことをすまなそうに言ったのが印象に残っている。

これまで本気でメイクをしなければならない状況がなかったから、と待ち合わせに遅れる度に申し訳なさそうに言うこともあったが、綺麗な顔に派手なメイクは必要はないのではないかと豊川は思っていた。

巨大な〝鬼〟の山車《だし》やみこしが迫っていた。大きいものでは五メートルを超えるほどで、さまざまな造形の鬼たちが練り歩く。その迫力は、子供の頃に見たらトラウマになってしまうのではないかと思えるほどだった。

バリの人々はバリ・ヒンドゥー教を信仰し、そのサカ暦の正月にあたる『ニュピ』の前日にその祭りはある。各地区で製作された諸悪の根源であるオゴオゴが街を練り歩いたあと一斉に燃やされて邪気を振り払うというものだ。

バリ独特のリズムに合わせた踊りの動きは激しく、時にオゴオゴの担ぎ手に巻き込まれそうになる。そのたびに芽衣は笑いながら豊川に抱きついてくる。

あのリズムがいまも脳内で鮮明に再生される……。

『ま、知ってると思うけど』

ティーチャーが知ったように言い、また映像が切り替わった。

宴会場のような広間で無数の男たちが走り回り、テーブルや椅子でバリケードを作っている。見るからに強力そうな銃をドアに向け、待ち伏せしている者も見える。閃光とともにドアが吹き飛び、煙が覆う。そのため映像ははっきりしていなかったが、白い霧のようななかで無数の閃光が輝いていた。銃口から発せられるものだ。

しかしそれも、ひとつ、またひとつと数を減らしていき、そして閃光は消えた。

音声がないのが不気味さを増していた。

うっすらと、壁に寄りかかる男の姿が画面の端に見えた。肩を押さえているのは被弾したからだろう。

白煙の中から、ぬっと男の影が現れた。証言を裏付けるように、まるで本物のオゴオゴのような恐ろしいオーラをまとっている。

倒れた男はオゴオゴを押し止めるように、血だらけの手を向け、なにかを叫んでいた。懇願するようでもあった。

しかしオゴオゴは真正面に立つと、銃を構え、なんの躊躇いもなく銃弾を一発、額に撃ち込んで、また煙に消えた。

『最後に撃たれた男は、アザゼールの最高幹部。スラバヤ郊外の、かつての宮殿を改装した屋敷で殺害された。この一件を最後にオゴオゴは姿を現していない。ちなみに、あなたが日本大使館に保護されたのはこの一週間後のことね』

「つまり？」

豊川の喉は張り付いてしまいそうなほど渇いていた。

『言わせますか』

ふふっ、と電子的な含み笑いをし、トーンを下げた。

『爆弾テロを起こしたテロ組織アザゼールの幹部を殺害し、組織を壊滅に追いやったオゴオゴは、あなたです』

言葉を出せないでいる豊川に、ティーチャーは続けた。

『テロ事件後、あなたは姿を消した。それは記憶を失ったからではありません。テロを起こした組織に復讐するためでした。潜伏し、情報を収集し、協力者をつくり、組織へ迫った』

「なにを言っている」

『陸上自衛隊レンジャー部隊を経て特殊作戦群に選抜、除隊時は情報本部に所属していましたね』

特殊作戦群はテロなどに対応するためその活動内容や構成員については秘匿扱いになっている。自分で明かさなければかつて所属していた事実を知る者は少ない。

豊川は身構えた。こいつらは知るはずのない情報を持っている。

『もう一度言います。アザゼールの幹部たちを次々に暗殺し、壊滅に追いやったのは、あなたです』

どんなに抵抗しようとしても、封印していた記憶が覆い被さってくる。

それは事実だった。

いまでも手にあの時の感触が甦《よみがえ》ってくる。引き金を引いたときの反動、硝煙の臭い、血を噴きながら倒れるテロリスト――。あの時は、まるで何者かに乗っ取られていたかのように体が動いた。

豊川は常に上を目指してきた。誰もができる仕事には興味はなかった。選ばれし者になりたかった。

レンジャー、特殊作戦群。体力的にも精神的にもギリギリまで追い込まれる日々だったが、そのなかで自分の生を見出すことができた。

特戦群の隊員として二年を過ごし、情報本部に異動したのは当時の上官に推薦されたこともあるが、テロに対する日本の現状に危機感を覚えたことも理由のひとつだった。日本人のテロに対する意識は低い。実際にテロの発生事例は他の先進国に比べれば少ないが、世界中の諜報員が日本を舞台に諜報活動をしていることはあまり知られていない。スパイを取り締まる法や専門の組織はなく、スパイ天国、スパイの社交場と揶揄されているくらいだ。

そのことに危機感を持ち、また危機感を持たない日本人に腹を立てた。テロに立ち向かうためには武器の扱い方や格闘能力の取得だけではなく、これからは情報を制する必要がある。現場を知る者だからこそ正確に脅威を計ることができると考えたのだ。

何かに追い立てられるような、その危機感こそが豊川の生きるエネルギー源だった。

しかし芽衣と出会って全てが変わった。豊川は自身が自衛官であることに誇りを持っていたからこそ身分を偽ることはしていなかった。情報本部は特殊な部署ではあるが、組織そのものは公になっているため、そこに所属していること自体は聞かれれば隠すつもりもなかった。

職務で知り得た内容についてはもちろん話せないが、ふたりで過ごす時間が多くなるほど、それが徐々に負担になった。

どこかの国で虐殺が行われていること、少女に対する虐待を超えた行為、テロによって肉片となった誰かの父親や母親、子供……。

豊川のもとにはそういった生の情報が検閲にかけられることなく届けられる。つとめて冷静に分析に徹してきたが、芽衣の笑顔を見るたび、芽衣に触れるたび、彼女をそんな世界から遠ざけたくなった。

かつては嫌悪した『危機感のない日本人』。だが、そんな平和な世界にいる芽衣と普通に暮らしていきたかったのだ。

豊川は退官を決意した。

特殊部隊と諜報活動の経験を持ち、限られた者しか知ることのできない情報にも触れてきたことからそれは簡単ではなかったが、最終的には情報本部の上司が理解を示し、所在確認等の制限はあるものの退官が受理された。

芽衣は、豊川にとっては全てだった。

過去の辛い出来事も、全ては芽衣と出会うためだったと思えたし、これから先に何が起ころうとも、全ては芽衣のためなのだと思えた。

時折見せる笑顔を前にすると、どんなに虚勢をはっても瓦解してしまう。釣られて意味もなく笑ってしまうのだ。

その芽衣とバリ島を訪れた。そこで将来の話をするつもりだった。

ずっと一緒にいてほしい。そしてどんな困難からも芽衣を守り抜くと誓った矢先、彼女は灼熱の爆風によって吹き飛ばされた。

芽衣の向かいに座っていた豊川が助かったのは、爆弾と柱の位置関係によって直撃を避けられたことによるが、決して幸運とは思えなかった。

芽衣の代わりになりたかったし、一緒に死んでも良かった。

命を取り留めた豊川はテロリストを追った。それは贖罪《しょくざい》の意味もあった。

偶然にテロに巻き込まれたのではない——自分のせいだからだ。

その考えを、いまだに捨てきれずにいる。自分の過去が芽衣を巻き込んでしまったのだ、と。

『あなたが帰国後にホームレスに身を落としてしまったのは、復讐を果たして目標を失ってしまったから?』

ティーチャーの言葉に我に返った。

「いや……」

自分は悪人なのだ。理由はどうあれ、人の道を踏み外した外道なのだ。悪を挫いたと言ったところで、アクション映画の主人公のようなヒーローにはなれない。

だから路上に逃げたのだ。何者でもいたくなかったが、だからといって死ぬこともできなかった。

『でも、せっかく隠れていたのに、こんなかたちで表に出てくるとはね。わたしたちも予想していなかったわ。捜しても手がかりすら摑めなかったのは、さすがというべきね』

彷徨い、荒川の河川敷に辿り着いた。

レンジャーや特戦群の訓練で限界まで追い詰められてきた身としては、ここで過ごすのは訳はないと思っていた。食料は虫でも蛇でも蛙でも捕まえればいいし、さまざまな気象条件での過ごし方などサバイバルの知識も経験もあった。

そうやって一ヶ月ほどを過ごしたころ、声をかけてきたのがタカさんだった。

「あんた、もっと人間らしく生きなよ」

ホームレスに人間性を説かれることに戸惑った。それまで考えたことがなかったが、自分はそれ以下だったのだろう。

「ホームレスってもよ、人間までやめる必要はねぇだろ。それに、あんた訳アリだろ？そんなの見りゃわかるさ。でもよ、だからこそなんだよ」

タカさんは諭すように言った。

「あんた、かえって目立ってるよ。人間は無にはなれない。目立ちたくないなら、人間であることをやめちゃだめだ」

荒川には多くの人が訪れる。そんな中、ねぐらを持たず、虫や蛇を探して歩き回る者がいたら確かに目立つ。

「もし近所で飼い犬がいなくなったとするだろ。そしたら真っ先にあんたが疑われるぜ。食っちまったんじゃねぇかなってよ」

誰の視界にも入りたくなくてこの地に流れ着いたが、かえって噂になってしまうかもしれない。

「俺だってよ、無になりてぇって思ったことはある。あんたも死んだ方が楽ってことは考えたろ？　でも死なない。あんたは虫まで食って命をつなごうとしてる。なんでだ」

確かに豊川が死のうと考えたことは一度や二度ではない。芽衣を失い、生きる意味を見出せなかった。それなのに、腹を満たそうと虫を追いながらも生きている。なぜだ？と豊川は自問する。

「それはよ、お天道様が『その命、あとで使うから大事にとっとけ』って言ってるからなんだよ。貰った命をお返しするのはいつでもできっからよ、だからよ……人知れずどっこい生きてやろうぜ」

それからなにかと世話をしてくれるようになった。

余計な人間関係はつくりたくなかったが、彼はあれこれ詮索することもなく、人知れず生きるための方法について教えてくれた。

それは森の中で迷彩服を着るのと同じで、都会のカモフラージュを纏《まと》うようだった。

——最近はフードロスが問題になっててさ。浅草や錦糸町あたりまで遠征しても残飯にありつけるとは限らない。これなら普通に働いた方が楽だよな。

河川敷のブロックに腰掛け、新聞を読みながら、よくそんなことを話してくれた。

実際、食料を求めて数日帰ってこないこともあったし、どこかの炊き出しから豊川の分を持ち帰って来ることもあった。

いまとなっては唯一の友人といってもよかった。

あの夜、そんな彼が襲われているのを見過ごすことはできなかったのだ。

しかもあいつらは単なる悪戯では済まないような凶器を持ち、そうなっても別に気にしないという目をしていた。だから思わず体が動いた。気づけば六人の男たちが横たわっていて、顎が砕かれていたり、膝が逆方向を向いていたり、意識すらない者もいた。

そこで我にかえり、救急通報を行った。

『あなたの身柄が向島署に留め置かれているという情報が入り、そこにいる宮間刑事がお迎えに行ったというわけです』

「迎えに……？　俺を捜していたってことか？」

『ええ、その通りです。もちろんあなたを告発するためなどではなく、力をお借りするためです』

「俺に協力する道理があるのか？　それとも脅迫するつもりか？」

豊川は身構えるように拳を握る。

『さて、そこで先程のテロの話に戻ります。あなたは復讐を果たしたと思っていますが、アザゼールの背後には、さらに大きな組織があります。アザゼールはそれに従っただけ』

豊川は胃袋を雑巾のように絞られた気がした。

「誰だ……それは」

『誰とは言いづらいですが、もし興味があるなら全てを話します。ある陰謀が進行しており、結果として芽衣さんはそれに巻き込まれた。真相を知りたくないですか』

豊川は奥歯を噛んだ。

「条件は？」

『非常に複雑な問題で、その情報の性質上、最後まで力を借りたい。そのくらいの覚悟は持ってほしい。話を聞いて、やっぱやーめた、っていうのはナシにしてほしいの。とても強大な敵なので解決までの目処はいえないわ。また危険な目に遭う可能性もあるでしょう』

「永遠に奴隷になれと？」

『いいえ、あなたが復讐を望まれるのなら、あなたのやりかたで、あなたの気が済むまでやっていただければいいです。とどのつまり、我々の目的も同じなので』

ティーチャーはやや間を置いてから言った。

『ちなみに、あなたがインドネシアを漂って行方不明だった時にコードネームが付けられているんだけど、なんと呼ばれているか知ってる？』

「いや、知らない」

『〝ドリフター〟よ』

豊川は眉根を寄せた。

「なんだ、それは」

『漂流者っていう意味よ。ぷかりぷかりと海に漂っているあいだはいいけれど、どこかの島に辿り着いたらそこでなにをしでかすかわからない。敵味方も関係ない、己の欲望のままに、ね』

豊川は怒りを隠し、余裕の表情を装う。

「ホームレスでいる間は、海に漂っているだけだっていうわけか」

『そう、誰もあなたの所在を摑めていなかった。死んだと思っている者もいた。でもあなたは生きている。危険な能力を持ったままね』

「なにをバカな」

『実際に六人を病院送りにしたでしょうが』

「知らない！」

歯痒いが、苦し紛れに吐き捨てることしかできなかった。

『関係者が気にしているのは、あなたがどこに漂着するかよ。廃人に成り果てた男が次になにをするのか』

「待て、関係者って誰だ」

『あなたの古巣である自衛隊や、政府関係者。それだけじゃない、ＣＩＡまでも。なにしろひとりでテロ組織を壊滅させたんだから』

「……それはどこまで把握されているんだ」

『限りなく〝クロ〟だとは思っているみたいよ。ただ、いまのところ悪影響が出ていないから、監視下に置いておきたかったみたい。ま、あなたがホームレスになって見失ったというか、興味をなくしちゃったみたいだけど。ただ、また表に出てくるなら話は別。いろんな連中が黙っていないかもしれない。だからその力を正しく使える方向に導きたいの』

「だからティーチャーか」

『ま、そういうことで』

豊川は鼻を鳴らした。

「結局利用されるだけだろ」

『あなたの目的と同じというだけよ。それで、やりますか、やりませんか。ま、やったとして死ぬことはあっても、ひとから感謝されることはないでしょうけど』

自分の手で終わらせたと思っていた復讐が未完だと言われて、豊川の心情は穏やかではなくなっていた。

一度、目的を果たしたとき、深い後悔に見舞われた。復讐を遂げたところで心は晴れないばかりか、自らが殺《あや》めた者たちの最後の叫びが何度も襲ってきた。

それなのに、いま、またこうして込み上げてくる。怒りと悲しみがないまぜになった狂気が。

正義とか陰謀とか関係なく、芽衣の命を奪った者を許せないという単純な思いが豊川を突き動かしていた。

芽衣を死に追いやったその背景に、どんな陰謀があったのか知りたい。たとえこいつらが自分の復讐心を利用しているのだとしても、真相は知りたかった。そのうえでどうするかは、そのときに決めればいい。

「やる」

豊川はひとこと、そう言った。

豊川はこの屋形船を拠点に活動することになった。

「小さいですけど、キッチンやトイレ、あとシャワーもついています。もし湯船に浸かりたかったら、ここから五分ほどのところに銭湯があるのでそちらを利用してください」

宮間が不動産屋のような動きで船内を案内する。

「詳しい話はいつ聞けるんだ？」

ティーチャーはすでにいなくなっていた。ディスプレイには何も表示されていない。

「今夜にでも。それまではゆっくりしてください。それと、今後はある程度社会に溶け込んでいただく必要があるので」

「風呂に入って、髭を剃れってか」

宮間は恐縮そうに、だが愉快そうに笑う。

「お願いします。目立たないのは諜報の基本ですから。あとはスマートフォンと現金を少々置いておきます。もし高額なものが必要なときは言ってください」

「あんたたちは一体どういう組織なんだ？　政府はどこまで絡んでいる？」

「それも今夜、ティーチャーがお話しします」

宮間は腕時計を見て、ジャケットを摑んだ。

「では私はそろそろ出勤します」

「出勤って、警視庁？」

「そうですよ、刑事畑三十年です。退職金がもらえるまであと三年勤め上げないとね。では」

宮間は片手を上げて、船を降りて行った。

豊川は銭湯にいこうかと思ったが、このなりでは追い返されるかもしれないと思い、船尾部分にある洗面台の前に立った。そして鏡に映る自分の顔に思わずたじろいだ。

伸び放題の髭の下にはこけた頰があり、クレーターのように落ち込んだ眼窩が、ぎょろりとした目玉をかろうじて支えていた。

しかしそれは暮らしてきた環境によるものではなく、やはり過去からの、逃亡者のようで安らぐことのなかった心が体を疲弊させているのだろう。

そして、いまそれを客観的に見られるのは、路上生活時代には失っていた生きる目的のようなものを得られたからなのだ。

——たとえそれが復讐であっても、生きる意味を見い出せている。

それは芽衣の死に対する冒瀆《ぼうとく》ではないか、という問いには、自身の心は動かされなかった。

いまの豊川が芽衣の愛した頃の姿でなかったとしても、心が躍っていることを否定することはできなかった。

豊川はまず伸び放題の髭にはさみを入れた。それから石鹼水を顔全体に広げカミソリで髭を落としていく。切り傷があちらこちらにできた。

髪は水で濡らし、ひとまずオールバックにして後ろで束ねた。それだけでも「普通」に近づけた気がした。

それから銭湯へ行き、体に染み込んだ路上生活の汚れと臭いを洗い流した。洗い流せば流すほど、河川敷から遠のくようで一抹の寂しさも覚えたが、足を伸ばして風呂に入った時におもわずもらした至福のため息に、いったいいつぶりだろうかと天井を眺めながら思った。

その後、浦安駅近くの古着屋でスーツの上下セットと白シャツを買いそろえ、髪は自衛官だったころのように短く切った。

工事現場で働く者たちで賑わう中華料理屋で昼食をとり、ひとごこちついた豊川は荒川に向かうことにした。世話になったタカさんに挨拶をしておきたかったからだが、自分が助けに入る前に負傷していた可能性もあり、心配でもあった。

浦安駅から電車を乗り継ぎ、途中で差し入れにと、酒とつまみを買った。

堀切駅で下りて荒川の土手に立ってみると、ここを根城にしていたのが遥か遠い昔のことのように思えた。しかし乱闘騒ぎがあったのは昨夜のことだ。

太陽が濃い影をつくっていた。

小綺麗になった自分を見てタカさんはなんと茶化すだろう。ここを出て行くことになったといったらどう思うだろう。タカさんなら『もう帰ってくるな』と笑いながら送り出すのではないか。

そんなことを考えながら土手を降り、ヨシの茂みをかき分けていく。

帰国後、ホームレスに身を落とした豊川にとって友人と呼べる唯一の人物であり、彼がいなければ野垂れ死んでいたといっても大袈裟ではなかった。

やがてブルーシートでつくられた小屋が見えた。過去にどんな仕事をしていたのか詮索したことはなかったが、素人とは思えないほど、しっかりとしたつくりをしている。

「タカさん、いらっしゃいますか」

声をかけるが反応が無い。

心配になって、ブルーシートと木枠で作られたドアを開けた。

「タカさん？」

中には誰もいなかったが、背後に気配を感じて振り返った。

そこにひとりの老婆が立っていた。見たことがある顔だった。

いつもはここから三百メートルほど離れた都道の橋の下で身を丸めて寝ている人物だ。

「そこは、あたしの家だよ」

細い身体をさらにすぼめ、斜に構えながら言った。

「ここはタカさんの小屋だろ？」

「あのひとは出て行ったよ」

「え、なぜ？」

「知らないけど、きのう襲われたらしいじゃない。だからいやになったんじゃないかね。去り際にあたしのところにきて、もう戻らないからここに住めって」

「タカさんは、怪我を？」

「バットで殴られたみたい。それなのに警察はなにもしてくれなかったっていうじゃない」

面倒ごとがいやでホームレスになる者は多い。きのうのような目に遭えば、再び同じことにならないかと心配になる。なかには善意で様子を見にきてくれるひともいるが、それはそれで気が休まらないのだろう。

豊川は差し入れを老婆に渡すと、その場を辞した。

自身が暮らした小屋が遠くに見えた。しばらくここには戻らない。必要なものなど残していないが、小屋は解体しておいたほうがいいだろうかと足を進めた。

そこで小屋の周りをうろつく人影を認めて、豊川はその場にしゃがみこんだ。影はふたつ。

はじめは区役所の人間かと思った。河川敷に小屋を建てるのは不法占拠にあたるため、立ち退くよう再三にわたり警告を受けてきた。社会復帰の支援について丁寧に説明し親切心を押し出してくることもあったが、結局の所、我々はゴミのように目障りな存在。いや、簡単に捨てられないだけゴミよりもたちが悪いのかもしれない。

本人不在をいいことに、撤去するつもりなのではないかと考えたが、それならそれで退路を絶たれるようで割り切れる気もした。

立ち去ろうとしたとき、その人影の面相がわかり豊川は声を上げた。

「外村《とのむら》三佐⁉」

絵に描いたような中肉中背の男が薄い頭を回し、細めた目でこちらを見た。

「豊川ぁ！」

情報本部時代のかつての上司である外村良純《よしずみ》三等陸佐は屈託のない笑みを見せながら藪をかき分けてきた。

豊川は思わず敬礼をする。

「捜したぞ、この野郎！」

それから豊川の身なりを見て意外そうな表情になった。

「ああ、これはさきほど古着屋で揃えたものです。その……支援団体のひとから」

外村は合点したように頷く。

「そうか、警察からお前の身柄を引き取ってくれたのもそのひとたちか？」

「ええ、まあ、そうですね。でもどうしてそれを」

「馬鹿野郎。かつてお前が所属していた部署はどんなところだ？」

苦笑しながら、豊川は頭を下げた。

情報本部は様々な省庁とパイプを持ち、情報収集に当たっている。警視庁も例外ではない。

「私を捜していらしたんですか？」

「ああ。お前が消えちまったから心配していたんだろうが。まさか路上生活にまで身を落としているとは思わなかった。俺がもっとサポートしてやればよかったんだが……すまなかったな」

「いえ、私が逃げ出しただけですので」

外村が豊川の胸のあたりを拳で叩いた。重いパンチで、ふらりと後ろによろける。

「そしたらなんだ、暴力沙汰で警察に身柄を拘束されちまったというじゃないか。それで向島署に連絡を入れたらホームレスだっていうからよ、それでまた驚いちまって、いてもたってもいられずにここに来たってわけだ」

「ご心配をおかけしてすいません。誰とも関わらずに生きていこうと思ったのですが、こんなかたちで……」

外村は真顔になり、岩のようなごつい手を豊川の肩に置いた。

「お前の気持ちがわかる――と軽はずみなことは言えないが、それでも俺なりに理解しているつもりだ。居場所がないというのならどうだ、戻ってこないか」

気持ちはありがたかったが、いまはやるべきことがある。真のテロ首謀者を炙り出し、芽衣の命を奪った者へ制裁を加えるということだ。

「おいお前、なにかよからぬことを考えてはいないだろうな」

外村の低い声にはっとする。

「目の焦点が合っていないときは、たいていお前はロクでもないことを考えている」

豊川は苦笑した。

さすがは情報本部の元上司である。観察眼は鋭い。

「いえいえ。ただ……いまは、まずは社会復帰の道を自分のペースで歩いてみたいと思っています」

外村は寂しそうな表情を見せたが、すぐに納得したように頷いた。

「そうか、わかった。だがなにかあったらいつでも連絡しろ。俺の直通は――」

「覚えています。変わっていなければ」

「いい記憶力だ」

笑う外村の肩越しに冷たい視線を感じた。それに気づいた外村が紹介する。

「ああ、彼は最近俺の部下として配属された楢崎《ならさき》二尉だ。楢崎、こちらが話をしていた豊川元三尉だ。いまは民間人だから敬礼はいらん」

楢崎にははなからそのつもりはなかったようだ。小さく顎をしゃくって見せただけで、声すら発する必要もないという感じだ。豊川よりも長身ということもあって、見下ろされているような気になる。一本のほつれもなくキッチリ七三で分けた髪型が性格を表しているようだった。

「楢崎、すぐに行くから先に車で待っていてくれるか」

楢崎はしばらく豊川と外村に視線を往復させたあと、了解です、と呟くように言って背を向けた。

「なかなか愉快な男ですね」

豊川が皮肉めいて言うと、外村はしばらくの間苦笑して、また真顔になった。

「それがどうも怪しくてね」

「どういうことです？」

声を潜めた。

「ここのところ、なんだかざわついているんだ」

「どこがです？」

「俺の身の回りかな」

豊川は説明を求めるように目で示す。

「あいつはさ、いつも俺のことを見張っているような気がするよ。そもそも異動してきた経緯も不自然でな」

「不自然？　前はなにを？」

「配属前は事務方の仕事を補助していたようだが」

「別におかしくはないですよね？」

「ただな、お前、覚えていないか？　彼のこと」

どこかで会っただろうかと記憶を巡らせる。

「オリンピックを辞退した男だよ」

あっ、と声を上げ、楢崎の後ろ姿を目で追った。

その話は聞いたことがあった。射撃では抜群の成績で、驚異的な正確さだったと聞いている。米軍との合同訓練において、二キロ先の的に命中させ周囲を驚かせるほどの腕前で、オリンピックに出れば金メダルは確実とされていながら、代表に選ばれたのに辞退し、そのときはちょっとした騒ぎになった。

これまで面識はなかったが写真では見ていて、やはりあの切長の目が印象に残っていた。

「代表を固辞した理由ってなんだったんですか？」

「体調不良ってことだったたな。射撃は精神力の競技だからな、メンタルをやられていたのかもしれんが、その後は事務畑だ。でもよ、そんな腕を持っていながら、おかしいだろ」

「それが、どうして外村さんを見張るんです？」

「俺は、あいつは〝別班〟に所属しているんじゃないかと思っている」

それは自衛隊内にあるとされる極秘の諜報機関で、内閣や国会にも監視されずに秘密裡に活動し、国内外に拠点を設けて諜報活動にあたっているとされる。

かつて帝国陸軍には『特務機関』と呼ばれる同様の組織があったが、それがかたちをかえながら現在も密かに活動している——幕僚長クラスの幹部権力者のOBが運営しているとも言われているが、陸海空どの部隊を中心にしているかもわからない。

都市伝説然とした話としてはあったが、あるマスコミが複数の関係者から証言を得たとして、その存在を暴露したことで注目された。

諜報機関といえばアメリカのCIA、イギリスのMI6などが有名だが、いずれも政府や議会の監視下にある公式の組織だ。しかし別班は誰からの監視も指示も受けない。

それはシビリアンコントロールの原則に反しており、そんな組織があるなら危険だとして、野党から衆議院において質問が提出されたことがある。

それに対し政府は、内閣衆質一八五第一〇にて「報道にあるような組織はこれまで自衛隊に存在していないし、現在も存在していない。これ以上の調査を行うことは考えていない」と公式に回答している。

つまり政府は、そんな組織はないといっているのだ。

「だけどよ、もともと政府の監視下にない部隊なんだぞ? 政府が知らなくて当たり前だ」

「あるんですか、ほんとに」

「俺はあると思っている。連中はなんでもありなんだそうだ。政治家や官僚なんかのお偉いさんのありがたい指示を待っている間に事態が悪化しないよう、独断で動いている。自衛隊の潤沢な予算も使い放題、領収書もいらん。盗聴・潜入捜査も裁判所を通さないし、自衛隊のヘリだって自由に持ち出せるって話だ。いちど転属願を出したが鼻で笑われたよ」

「転属願い? 別班にですか?」

「ああ。だけど、そんなものはないってさ。政府の見解をそのまま言われたよ」

外村は両手を腰に当て、体を伸ばした。

「でも、その別班が外村さんを監視していると?」

「ああ、癪に障った上層部の誰かが、俺が尻尾を出すのを狙っているんだろう」

「癪に障ったって、なにしたんです？　なにか心当たりでも？」

「いや、たいしたことじゃないんだがな……。まあ、とある会議の席で政府の批判をしてしまったくらいかな」

「また熱くなってしまったんですか？　売り言葉を高値で買うのは良くない癖ですよ」

外村は後頭部を掻く。良く言えば熱血漢だが、喧嘩っ早い性格という印象のほうが強い。

「よく言われたなぁ、それ。悪いがこの歳になっちまったら性格は変えられん」

「いったいなんの批判ですか」

「いやな、きっかけになったのは各研究者に対する政府の支援が薄いって話なんだ」

「どの研究です？」

「医療にしろ化学にしろ全部だよ。研究したくても資金がなければ金をくれる方になびく。顕著なのは中国だ。よりよい条件を提示して日本の有望な研究者を引き抜いている。それ自体は仕方がないことだ。違法でもない。だがその状況を見ても政府はなにもしていないじゃないかと意見しただけなんだ」

意見しただけ、というは外村の場合は控えめにみる必要がある。おそらく上層部に楯突いたのだろう。

「ま、政府をヨイショする奴がいて、ちょっと気に食わなかったからさ、つい言ってしまった。それからは省内で非国民扱いさ」

「でもそれだけで監視役を置きますか」

「俺も叩けば埃が出る身だからさ。目障りな奴がボロを出すのを狙っているんだろう。今日だって、俺一人で行くって言ったのに、楢崎が強引についてきやがった」

外村は口角を上げたが、声は笑っていなかった。

ふと見ると、楢崎は少し距離をおいていたものの、油断のない目でこちらを見ている。確かに監視されていると言われても納得できそうな目だった。視線が、敵意を抱いていた。

「相変わらず政治は大変ですね」

「そのうち刺されるかもしれん。もしおれが死んだら、それは陰謀絡みだからな」

外村はずいぶんと疑り深くなっているように思えた。普段は柔和な表情だが、実は相当なプレッシャーを受けているのかもしれない。

「しかし、それも確証はないんですよね？」

「俺の勘が外れたことあるか？」

「はい、何回か」

そこで外村は吹き出した。

「じゃぁ、あいつが見張っているから俺は行くが、復帰の件考えておいてくれよな？」

「ありがとうございます」

「あと、なんでもいい。近況を時々知らせてくれ。愚痴でも雑談でもいい」

豊川は敬礼をし、外村が自らの腰を拳で叩きながら楢崎と合流するのを見守った。


「千人計画？」

豊川はコンピュータディスプレイに向かって声を上擦らせた。

夜の第二弁天丸。隣には宮間がいて、ディスプレイにはナースのキャラクターが言葉に合わせて動き回っている。

『噂くらい聞いたことがあるでしょ』

豊川は頷いた。

それは中国の国家戦略で、自国の研究レベルを底上げするために自国民を一から教育するのではなく、海外からさまざまな分野の優秀な人材を国内に招聘《しょうへい》するというものだ。

昼間に外村に会った時も、似たようなことを聞いた。

潤沢な資金援助を申し出られたら、普段は自国で冷遇されている研究者なら断ることは難しく、こういった引き抜きは世界中で行われており、各国がカネにものをいわせる中国のやり方を警戒しているとの報道もあった。技術の流出は国家的損失だと。

「だが違法じゃないよな」

『ええ、そうね。じゃあ、人材を引き抜くのとは逆に、送り込むっていうのは知ってる？』

豊川は首を横に振る。

「優秀な人材を？」

『ええ、それも超優秀な人材を無償で提供してくれるの』

「いったい、なんの話だ」

『〝浸透計画〟。それは中国政府の息のかかった者を日本人として育て、高度な教育を施し、日本に潜入させる。そして政官財界やスポーツ、芸術文化など、あらゆる方面でエリートの道に進ませ、情報を握るとともに日本の国家の意思決定に関与させるという〝水面下の占領計画〟よ』

豊川は宮間に困惑の表情を向けるが、宮間は小さく頷いて見せるだけだった。

「それも世界中で行われているのか？」

『そうなんだけど、人種的な類似点が多い日本は他のどこよりも懐に入り込まれていると噂されているの』

「都市伝説ではなくて？」

『本当よ。すでに中央省庁だけでなく、かなり広範囲に浸透しているわ』

もし本当だとすれば、中国は日本の政治を操れるということになる。

「だが、それとバリ島のテロ事件がどう関係するんだ？」

『アザゼールは中国からの支援を受けていたの。そしてあのテロも中国の意思が反映されているとみている』

「そうなのか？」

思わず視線を向けた宮間が渋い顔で頷いた。

「いくつかのダミー会社を経由していますが、証拠はあります。アザゼールは過去にもテロを起こしています。実際、インドネシアで政治混乱を引き起こし、中国が関与する余地を生むというものです。実際、テロの後にさまざまなインフラ整備に中国企業が入り込んでいます。特にITやセキュリティの分野です。さらにテロ後の内閣改造では親中派が台頭しています」

豊川は腕を組んだ。

「中国がアザゼールの黒幕だというのなら、中国はなぜ俺を狙った？ 情報本部の職務でなにか不都合な情報を見つけてしまい、それが自衛隊にいる中国のスパイにでもバレたのか？」

それは常に頭にあった。

世界のどこかでテロが起こった時や、テロが起こりそうだという情報を得た時、豊川は関連する情報を集め、それが日本に脅威になり得るのか、また将来に備えてどのような訓練を行うべきなのか——そういったレポートを作成してきた。

その中に、自身が狙われるような情報があったのではないのか。

ウガンダ、ニジェール、シリア、アフガニスタン……。それとも最後に扱った犯行主体が明らかになっていないドイツの事件か？

これまで何度も考えてきたが答えは出ていない。

『テロ事件とあなたが結びつく証拠はいまのところないわ。言えるのは中国の指示でアザゼールがテロを起こした可能性が高いということだけよ』

豊川はしばらく考えて、根本的なことを聞いた。

「そもそも、あんたらは何者なんだ」

宮間が口を開いた。

「我々は、水面下で進行する中国の陰謀を阻止する者です。先に述べたように、浸透計画がどこまで及んでいるかわからないため、政府組織とは距離を置いて行動しています」

「あんたらふたりだけか？」

『三人よ。あなたを入れて』

思わず呆れ顔になる。

「それだけで、その浸透計画とやらに対抗しようってか？　無茶だろ」

『必ず弱点はあるわ。そこを突けば、巨人は倒れる』

豊川は現実離れした話に戸惑っていたが、結局はひとつの答えに回帰する。

芽衣を殺した奴を見つけて復讐する。俺の目的はそれだけだ。

「俺は巨人に興味はない。芽衣を殺したのはだれなんだ?」

『それに答えるのは難しいわ。個人というよりも組織だもの』

「だがアザゼールに指示をした人物はいるはずだろう?」

『そうね、でもまだ特定できていない』

「じゃあどうすればわかるんだ」

食い気味に聞く豊川に、ティーチャーは淡々と答える。

『糸口を探していくしかないわ』

「終わりが見えない話だな」

『でも、どこから始めたらいいかはわかるわ』

ここからは宮間が話を継いだ。

「現在、我々が追っているのが、デイジーラボラトリーというIT会社の社長で、友部《ともべ》直樹《なおき》という人物です」

宮間が差し出してきた企業パンフレットにざっと目を通す。

「デイジーラボラトリー……聞いたことないな」

『まぁ、一般消費者向けの企業じゃないし、CMもやってないから』

「なんの会社なんだ?」

『コンピュータシミュレーションの分野で大きな業績を上げているわね。災害対策なんかに応用されている』

「というと？」

『津波とか地震が発生したときに、都市はどうなるのかを高精度でシミュレーションできるの。それによって被害の程度や避難する上での問題点を明らかにするわけ』

パンフレットのページをめくってみるがピンとこない。

「こういうシステムをつくっている会社はほかにもあるだろ？」

『デイジーの一番の強みは、東京を始めとする大部分の都市の正確な立体地図を持っていると言うこと。人口比で言うと約六十五パーセントをカバーしている』

「だが、立体地図なんて、ネットで無料の地図サービスがあるじゃないか」

『それは見た目だけよ。デイジーは五次元データなの』

「なんだ、それ。宇宙空間の話か」

『ちがうわよ。建物の位置や形状、大きさだけでなく、材質、質量などの特徴を全ての建物に対して持っているということなの』

豊川の眉間の皺はますます深くなる。

「意味がわからない」

『都市の超高精度の立体地図データを持っているってこと。建物、ひとつひとつのね。たとえばあるビルに対して、築年数や耐震構造、どんな建築資材が主に使われていて、そこにどれくらいの人が働いているのか。出入り口はどの方向に何カ所あり、エレベーターは何基あって……など様々な要素を持っている』

「まて、ひとつひとつの建物に対して？」

『もちろん全てじゃないけど、どんどんデータを蓄え続けてる。ほかにもレーザー測量車をバンバン走らせていて、立体地図の精度を上げているわ』

ディスプレイにその車両とアニメーションが表示された。

MMS（Mobile Mapping System＝車載型移動計測システム）と呼ばれ、車自体は一般的なものだが、ルーフには様々な機器を載せている。そこからレーザーを全方位にわたって照射し、あらゆる物体の座標を取得し、コンピュータ上で立体画像をつくり出すという。

「たとえば電柱、自販機、郵便ポストなどなど、これらは普通の地図にはないけど災害時に障害になり得るわよね。ちなみにこのシステムなら街路樹の葉っぱの一枚まで正確にスキャンできるって話よ』

豊川はもう一度パンフレットに目を落とした。もし本当ならとてつもなく精度が高い。

『他の情報とも連動していて、たとえば交通――災害時にどれくらいの量の車が街にあるのか。人の流れ――携帯電話など、通信状況からどのエリアにどの時間帯にどれくらいの人が集まっているのか。気象――天候によってひとの行動は変わるわよね。それらを全て加味してシミュレーションを行う。何月何日何時何分にどこでどれくらいの規模の地震が発生した場合、とある街角でどんな状況が発生するのか。火災の発生はあるか、消防車は来られるのか。また避難を阻むのは車なのか、倒壊した家屋か、倒れた電柱か。

そして何人が犠牲になるのか――そこまで予測できるの』

「とんでもないな。扱うデータが増えれば増えるほど、シミュレーションの精度も上がるということか」

『ええ、デイジーの強みはそこなの。シミュレーション結果の説得力が圧倒的に違う。災害だけでなく人の動きも予測できるからマーケティングにも使えるし、もちろん建築の分野でも活用される』

「しかし、そんなに巨大なデータをうまく扱えるのか？」

ナースキャラが人差し指を立てた。吹き出しで〝グッドポイント！〟と表示されていて、豊川の目尻がわずかに痙攣《けいれん》した。

『友部は現在五十四歳。大学ではシミュレーション工学の研究をしていたの。でも当時はなかなかうまくいかない。データがあっても、それらをうまく扱えなかったのね。特に人の動きや気象は広範に連動しているから小さな箱庭のような世界の中で予測しても外れることがよくあったの。詳しくはパンフレットの四ページ左下を参照』

確かに会社の沿革の項目で触れられている。

『友部は、いまで言う〝ビッグデータ〟を活用して精度面での解決方法を見出していたのだけど、当時のコンピュータでは解析に百万年かかると出て、みなに笑われていたらしいわ。そんなの意味がないってバカにされ、変人扱いされても愚直に足でデータを集め続けていたみたいね』

「それがコンピュータ技術が追いついて大量のデータの演算が可能になった。百万年が一年、一週間、一日と短縮され、自身のシミュレーション理論を余すところなく実現できるようになった。それで一気に開花したというわけか」

パンフレット内の一文を読み上げげた。

『そういうこと』

「で、業績もうなぎ上り」

業績を示す折れ線グラフに目をやれば、あまりにも急角度なため、縦軸が対数スケールで表示されていた。

『そっ。他の追随を許さないデータ量とそれを扱う強力なコンピュータ、そして長年培ったシミュレーション理論。都市モデルはあるのだから、あとは何にでも応用できる』

「それにお得意さんが政府なら経営も安泰なわけだ」

『そこね。国が最大の顧客。昨年は約四十億円が投入されている』

「国民の安全に関わることだから金を惜しんでいられない。それに対抗できる企業が他になければ、入札案件にもならない」

『怪しいでしょ?』

「それは企業努力とはいえないか?」

『税金を投入するとなれば国会でさまざまな審議があって当然。それでも、まるで既定路線だったかのように受注が決まっている』

「まさか、友部本人か、デイジーに浸透計画のスパイが？」

『金の流れを追うとね、そう思えるのよ』

豊川ははじめのページに戻って社長である友部の写真を眺めた。それからプロフィールに目を落とす。

神奈川県にある総武大学でシミュレーション工学を専攻、卒業後も大学に残り研究を続けている。この時に同僚だった人物とデイジーラボラトリーを設立したのが二十五年前。一般のプログラムの下請けやテレビ番組のCG制作などを請け負いながらも、来たるべきビッグデータ時代に備えてきた。そして国からの依頼をきっかけに一気に業績を拡大している。

資料には雑誌や新聞などのコピーが添えてあり、友部のインタビューからそのひととなりが見えていた。

研究者あがりなのにビジネスセンスがあると評判がいいようだ。

「大学での研究をベンチャーで発展させた。大学や大手企業の共同研究などを経て、デイジーラボラトリーを立ち上げる。過渡期にあって自らの研究に固執するのではなく、多岐に渡る仕事を請負い、バランスをとることで健全な経営を続けている——このなにがおかしいんだ？」

友部がやり手ビジネスマンであることを示しているだけではないのか。

『まずね、うまくいきすぎなのよ。いままで経営危機に陥ったことがない。ふつうなら潰れてもおかしくない状況でも乗り越え、国からの支援を受けるに至っている』

「だからそれは社長の手腕だろ。それにけっこう下積みの時期も長いぞ。よく耐えたよ」

『まずそこ。デイジーがまだなんの将来性もない時期を下支えしたスポンサーがいる』

「社長の人柄や研究に共鳴したとかじゃないのか」

『それはあとで説明するけど、それだけでは理屈に合わないのよ。うまくいきすぎている。将来を見据えた者による道案内と、政府関係者にデイジーの発展を願う者がいる』

ティーチャーはデイジーの発展に懐疑的なようだった。

確かに、デイジーの躍進はうまくいき過ぎていると言えなくもないが、かといって企業努力を否定できるものではないはずだ。

その表情を見てとった宮間が苦渋の表情でディスプレイに目をやった。まるでその向こうにいる人物とアイコンタクトをとるかのように。そして普段の彼とは異なる神妙な口ぶりで言った。

「我々がデイジーを疑う理由はもうひとつあります。実は我々の仲間のひとりが、友部を調べていて何者かに車で襲われました。単なるひき逃げの交通事故で処理されましたが、犯人はいまだに捕まっていません。仲間は意識不明の状態が三ヶ月続き、幸い命は取り留めたものの、いまも首から下は指先しか動かせません。『自殺したくてもできない』と泣いていた時期もあります。その無念を晴らしたいと思っているんです」

宮間の目には悔しさが滲んでいた。

「友部に襲われたという根拠は？」

「仲間は警視庁公安部の刑事でした。デイジーの背後に黒幕がいるとみて密かに内偵を進めていて、友部が研究者だった頃から得ていた多額の資金援助をたどった先に、ある富豪に行き当たります。その人物は中国籍の男で共産党の支援を受けているフィクサーだと突き止めました。襲われたのは、彼がそれを上司に報告したその日の夜です」

「内通者が公安に？」

「公安かどうかはわかりませんが、警視庁、警察庁にモグラがいるのは確かでしょう」

「浸透計画の者が……？」

宮間が静かに、重々しく頷いた。

もし宮間の言うことが確かならば相当に根が深い。豊川は眉根を寄せ、もう一度資料に目を落とした。

友部は、政財界とのコネクションも強く、人格者。ボランティアにも援助を惜しんでおらず、生活には派手さはない。そこにあるのは歳をとってから授かったひとり息子を溺愛するひとりの日本人でしかなかった。

だが邪《よこしま》な考えを持つものほどカモフラージュに気を配るとも聞く。

「わかった、友部を調べてみればいいんだな？　でもどうするんだ」

ディスプレイの中でナースキャラがぴょこんと跳ねる。

『まずはデイジーの運行部に潜り込んで欲しいの』

どうも、このキャラクターに馴染めない。バカにされているような気になる。

「運行部？　デイジーはバスの運行でもしているのか」

『主に役員の送迎よ』

豊川は合点した。

「役員の動きを知るためか」

『ええ、特に社長のね。いつ、どこに行き、誰と会っているのか。運行部にはその記録があるの』

「怪しい動きをするときに社用車を使うとは限らんだろ」

『それなら、使わないことに意味があることになる。その日はなぜ使わなかったのかってね』

「ふーん、なるほど。だが誰に会っているかまではわからんだろ。運転手が名簿にでも残しているのか」

『そんなわけないでしょ。ドラレコよ』

「ドライブレコーダー？」

『そう。トラック協会とかタクシー協会とか、車を運行している会社が警察と協力して、ドラレコ映像を防犯・捜査に活用する活動があって、これにデイジーも参加しているわけ』

「つまりドラレコ映像も保管されていると？」

『そういうこと。あとあと協力を求められることもあるから、通常よりも長く保管されているはず』

「なるほど。でもどうするんだ？　俺に運転手をやれと？」

『いえ、それが運転手については通常の採用方法じゃなく、紹介制なの』

時に車内で交わされる企業秘密や、役員たちのプライベートについて、口の堅さが求められる。そのために身元の確かな者を採用しているようだった。

「じゃあどうするんだ」

『私のほうで就活はなんとかする。潜り込める方法を考えるわ』


二日後、豊川はデイジーラボラトリー本社のロビーに置かれたソファーに座っていた。どこまでも沈み込んでしまうのではないかと思えるほどの柔らかさがかえって落ち着かず、ずいぶんと浅い位置で背筋を伸ばしていた。

ひとの出入りは多く、朝九時前にもかかわらず多くの外来者が訪れている。

「鈴木《すずき》さん、お待たせしました」

それが自分の偽名だと気づいて、慌てて立ち上がる。

声をかけてきたのは、正面から見るとスリムだが、横から見ると腹だけが飛び出した四十代の男だった。

「メール室長の河内《かわうち》です、よろしくどうぞ」

豊川は立ち上がり、頭を下げる。

「鈴木です。この度はお世話になります」

河内はしばし豊川の様子を、それこそつま先から頭の先まで見たあとに、ふっと笑みを見せた。どこか安堵しているようにも、昔の友人に再会したようにも見えた。

「あの、なにか」

河内はハッとして、恐縮したように頭を掻いた。

「ああ、失礼しました。ご案内します」

長い廊下を進みながら、河内が斜め後ろを歩く豊川を振り返った。

「いえね、自立支援センターからの紹介と聞いていたのでどんなひとかなと思って。ウチの会社はそういったひとを積極的に受け入れているんだけど、これまでにすぐ来なくなってしまったひともいたからちょっと心配だったんだよね。でもあなたはぱっと見、普通だからちょっと安心してしまったんだよ。ていうかなんでいままで自立できていなかったのか不思議な……ああ、すいません、しゃべり過ぎてしまった。悪い癖だ」

ティーチャーがどういうルートを使ったのか気になっていたが、そういうことかと納得する。

まずは人事部に案内され、河内とともに簡単なオリエンテーションを受けた。配属先はメール室。豊川は期間限定の契約社員で、勤務状況によっては正社員への登用もあるということだった。

思えば高校卒業とともに自衛官になったため、民間企業に就職するのは初めてのことであり、新鮮な思いだった。

次に河内に連れられて社内を案内される。

デイジーラボラトリー本社は、大手町のオフィスビルの三フロアを借り切っており、ここには約三百人の社員が働いているという。

それでも余裕のある空間に感じられるのは、床面積をその規模にしては多めにとっていることと、できる限り壁を排除していることが理由だろう。そして内装に木材や緑を多く使っているのも心理的な開放感を生んでいる。

メール室は役員の送迎や社用車の管理を行う運行部とともに地下駐車場に隣接したエリアにあり、室長の他に三名の社員がおり、みなラフな格好をしていた。

そこで業務内容について詳しく説明を受けたが、ティーチャーがメール室に配属させたのは、なかなかうまいことを考えたものだと豊川は思った。

メール室は本社に届く郵便物や宅配便などを各社員に届ける、または外部へ郵送する業務を受け持っている。そのため研究部門などごく一部の規制エリアを除いて社内を隈なく回ることができるのだ。

さらに、そうした役割のメール室には不倫やセクハラ、パワハラ、各社員の評価など、雑多な噂話が勝手に集まってくるため、そのなかに有益な情報を見出せるかもしれない。社長室宛のものについては隣室の秘書室に届けることになっていて、直接友部と接触するのは難しそうだったが、データベースで受付履歴が見られるのも役に立ちそうだった。

豊川はその日から精力的に働いた。ワゴンに配送物を載せ、社内を走り回る。どこにどんな部署があり、どんな仕事をしているのかを頭に入れていく。

友部が陰謀に関わっている証拠。他にも誰が関与しているのか――。

「おいおい、初日からそんなに張り切るなよ。ゆっくり覚えて貰えばいいから」

自立支援という言葉が先行しているのか、みな、妙に優しい。それともこれが普通なのだろうか、と自衛隊の厳しい規律の中で生きてきた豊川は戸惑った。

業務は、社外から来た荷物の配送、社外へ配送する荷物の集荷、社内便と呼ばれる部署間の配送、他にも宅配業者への荷物の受け渡しなど意外と多岐に渡る。

初日は覚えることが多く、あっという間に過ぎた。

帰り際、河内が声をかけてきた。

「なぁ、どこにいっても、いろいろ大変なことはあるんだよね。でも閉じこもっているのも辛いよな。だからあんたは一歩を踏み出したんだよな。無理せずゆっくりでいいからさ、ほんと。わかんないこととか、辛いこととか、気に食わない奴がいたら俺になんでも言ってくれよな、な!」

何度も肩を叩かれた。

豊川としては苦笑するしかなかった。


勤務を終えて弁天丸に戻ると、中には宮間がいて缶ビールを飲んでいた。

「おかえりなさい、労働もいいものでしょ?」

笑いながら言う宮間からビールを一本もらい、半分ほどを一気に飲むと、いつものようにスペースキーを連打してティーチャーを呼び出し、情報を伝えた。

もっとも、今日のところはあまり得るものはなかった。

『秘書と仲良くなって食事にでも誘ったらどう? 社長の話を聞けるかもしれないわよ』

「そんな映画みたいにはいかない。それに俺の顔はいまの流行ではない」

「そんなことないですよ、大人の渋さに惹かれるかもしれませんよ」

横から宮間がフォローをしてくれる。

「簡単に言わんでくださいよ、まったく」

豊川は大げさにため息をついてみせた。

諜報活動に長けている豊川であっても、ひとを騙すことは苦手だった。ひとのいい室長に対して後ろめたさを感じるほどだ。

「そもそもどんな履歴書を送ったんだ。俺は引きこもりだと書いただろう」

ティーチャーが、ふふふと笑う。

『でも無事に潜り込めたでしょ。勤労の尊さを久しぶりに感じているんじゃない？　いままで草むらに隠れて文字道りモグラみたいな生活してたんだから、ある意味引きこもりでしょ？』

「そういう言い方はどうかと思うぞ。俺なりに苦しんだ」

まあまあと宮間が入る。

「とりあえず、いまは社長の動きを探りましょう。来客とか出張の予定、会社を出て帰宅するまでに立ち寄るところとか」

「スケジュールを押さえるには、やはり運行部か」

友部を含めほとんどの役員は運転手付きの社用車で通勤をしているが、メンテナンスやドライバーなどの管理をしているのが運行部だ。

確かに会社を出た後、何者かと接触する可能性がある。

『運行部にあるコンピュータにアクセスして情報を抜き取りたいの。深夜とかひとのいない時間なら楽勝でしょ』

「だが、運行部に入るにはカードキーがいる。俺のカードでも入室はできるだろうが、記録が残るから、あとでバレるぞ」

『必要な情報を抜き取ったらばっくれればいい』

「え？」

『うだつのあがらない中年の契約社員が消えることはよくあることよ』

「気軽に言うな。一宿一飯の恩義がある」

『ほんと、古いわね』

どう言われようが、なにしろみな〝いいひと〟なのだ。

自衛隊にいた頃、きつい訓練を終え、疲れ果てた状態でトラックの荷台に揺られて駐屯地に戻る道すがら、呑気に笑うひとや、ひたすらスマートフォンを覗き込むひとなどを見て『平和ボケしている』とイラついたこともあった。俺たちがここまでして守ろうとしているのは、なんの危機感もなく毎日をだらだらと過ごしている人間たちなのか。疲労から正常な思考になっていなかったからだろうが、理性が取り除かれて本心が出たとも言える。

だがホームレスを経て社会と関わってみると、護りたかったのはこれだったのだとも思う。

何事もない毎日、他愛のない話を交わせることの幸せ、いまこの瞬間、危険に脅かされることなく今日と同じ明日を迎えるために、必死になっていたのだ。

「なんの挨拶もなく抜けるのは迷惑をかけるし、やはり、なんだか気が引けるな」

『真面目というか固いというか。給料日前に辞めてあげればタダ働きしたことになるんだから、いいんじゃない』

「ひとしてのだな……」

『国の一大事なのよ、わかってる？』

「わかっている、俺だって芽衣の仇をとりたい。ただ、いまのところ、この会社に悪意が感じられない」

『いまのところ、でしょ？　ほんの一日働いただけで陰謀を見抜けるなら苦労しないわ。浸透計画は、わたしたちが目を向ける何十年も前から誰にも気づかれずに動いていたんだから。その尻尾をようやく掴んだの。このチャンスを逃すわけにはいかない』


「いやあ、頑張ってるよね！」

デイジーに勤務して一週間目の朝のことだった。出勤するなり河内が小走りで駆け寄ってくると、また肩を思い切り叩く。

あまりに嬉しそうなので、裏ではいったい何日持つかと賭けでもしていたのではないかと思ってしまう。

「残業は敵だからね。なにもかもほどほどでいいんだよ。それが長く続ける秘訣さ」

しかしデータを抜き取るために運行部に忍び込むには定時以降も居残る必要がある。

帰ったふりをしてトイレに籠るか。

急いで業務開始の準備をし、面倒見の良すぎる河内に見送られながらカートを押した。

うかうかしていたらついていくと言い出しそうな勢いだった。

配達物の中に運行部長宛のものを見つけた。様子を探るのにちょうどいい、と豊川は思ったが、河内がチッチと人差し指を振る。

「運行部って、いちおう部なんだけど、組織的には総務部の下なんだ。運行部長は総務部長代理が兼務しているから、届け先は上」

河内が指を天井に向ける。

もともと役員の送迎については外部委託をしており、そのころから運行部の名称が使われていた。数年前に自社運用に切り替えたが、馴染みがあるため名称はそのまま残しているということだった。

エレベーターで二十階まであがり総務部のエリアに行くと、ふと違和感を覚えた。誰がというわけではなく、まるで蛙が合唱をしている池に近づいたときにピタリと鳴き止んだような雰囲気だった。

みなそれぞれの業務にあたっているが、意識はしっかりとこちらを向いている、そんな雰囲気を感じ取った。

ひょっとして、潜入しているのがバレてしまったのだろうか。特殊なルートで潜り込んだため、書類のどこかに不備があったのかもしれない。

運行部長でもある総務部長代理に配送物を届け、背を向けた時だった。

「君、ちょっと待ってもらえるか」

野太い声で呼び止められた。

「名前は」

「鈴木です。一週間前に採用されたばかりですが、よろしくお願いいたします」

自衛官の頃の習性が消えないのか、やけに背筋の伸びた礼をした。

「不躾ですまないが、結婚は？」

「……いえ、しておりませんが」

「恋人は？」

「おりませんが……」

どういうことだ。ボロを出させる腹づもりなら、ハラスメントだと言って退けるか。

「そうか、呼び止めて悪かったね。ついでに社内便をお願いできるかな」

運行部向けの書類だった。

「はい、お預かりします」

とりあえず、運行部に行く理由はできた。

豊川はその場を離れると、非常口近くの壁に身を寄せてスマートフォンを取り出した。

宮間が用意してくれたものだ。

ホーム画面に例のナースのアイコンが置かれており、それをタップすることでティーチャーへの呼び出しがされた。

『どうしたの、仕事中でしょう』

「様子がおかしい」

豊川は総務部でのことをティーチャーに伝える。

『ふーん、気になるけど、下手に浮き足立たない方がいいわ。データさえ抜き取ればこちらのものだから、それまでは普通に』

「了解。これから運行部に行く。事前に見ておいた方がいいことはあるか」

『そうね、運行管理をしているコンピュータの機種を特定したい。写真でもいい』

「了解、やってみる」

通話を終わらせると地下に向かった。そのエレベーターの中で、スマートフォンのカメラを起動し、胸ポケットに入れる。レンズ部分がポケットからわずかに頭を出している状態なのを確認し、運行部のドアにカードキーを当てた。

運行部は瀟洒《しょうしゃ》な上階のオフィスとはまったく違って無粋な雰囲気だった。壁には交通安全を呼びかけるポスターやアルコールの検知器、メンテナンス用の工具や車の消耗品の予備パーツなどの箱が置いてある。

入ってすぐにソファーセットなどがあり、その奥に事務机が四台。それぞれに男性三人、女性一人が座っていた。

オフィスというよりも運転手の待機所といった雰囲気だったが、豊川にはむしろ居心地の良さを感じさせた。

「お疲れ様です。運行部長からの書類ですが……」

いちばん手前に座る、ベテラン然とした女性が顔を向ける。

「はい、ご苦労様」

内容を確認し、隣の男に声をかけた。

「副部長、こちらをお願いね」

上下関係がわかりづらかったが、この男がここではいちばん職位が高いものの、おそらくキャリアは女性のほうが長いのだろう。

豊川はさりげなくコンピュータが映るように体を捻る。

「なにか回収するものはありませんか」

「えっと、いまはとくにないわ。午後の便で段ボール二つか三つ出すと思うけど」

「了解しました」

不自然に思われる前に退散することにした。

ソファーが並ぶエリアには四名の男がなにをするでもなく座っていた。おそらく運転手だろう。

ドアを開けたところで、髪をツーブロックに刈った男とぶつかりそうになった。

「あ、すいません」

その男は無言で豊川を睨《にら》みつけた。

室内にいた男たちもそうだが、あまり友好的ではない態度だ。

運転手は紹介で入社するというが、どこか閉鎖的な印象を受けるのはそのせいだろう。

ただ、豊川にとっては、そういった雰囲気も懐かしかった。

いまだに目を見開いて睨みつけるツーブロックに会釈をし、その場を離れた。


『なるほどね。オッケー、ばっちり映っているわ』

弁天丸から転送した動画のファイルを確認したティーチャーが言った。

『近々、夜に決行しましょう。時間は任せるわ』

「わかった。ところで宮間さんは」

豊川が弁天丸に戻ると、すでに宮間がビールを飲んでいるということが常だった。船に灯りがついているとどこか安心するのだが、今日はそれがなくて一抹の寂しさを覚えていた。

『あのひとはあのひとで本業が忙しいみたい。年寄りという立場を利用して窓際で楽をしようとしているけど、そうはいかないんだってさ』

豊川は、飄々《ひょうひょう》としている宮間が書類に追われている様子、現場に臨場するが体が追いつかない様子などを想像して静かに笑った。

『それにしても大丈夫？　けっこう酔ってない？』

「否定しない。荒川暮らしで、すっかり弱くなってしまったようだ」

今日の業務後、河内が一杯飲んで帰ろうと誘ってきたのだ。断ろうとしたら、いやいや無理はしなくてぜんぜんいいから、と寂しげな顔で言うので少しだけ付き合うことにした。

河内は豊川のことをかなり気にかけており、不満はないか、困ったことはないかと何度も聞いてきたが、酔いが回ると自分の話が多くなった。

「俺には娘がいるんだが、その……引きこもりでね」

ぽつりと言った。

「三文小説みたいな話で情けないが、勉強だ塾だと言っていたら学校にいかなくなってしまったんだよ。俺は学歴もないし、手に職もない。だから娘だけにはって思っていたんだが」

泣き上戸なのか、流れた大粒の涙をおしぼりで拭い取った。

豊川としてはなんのアドバイスもできない状況なので、ただ黙って聞くしかなかった。

「すまんね、こんな話をして。でもこう言っちゃ変だけど、スーさんは頼りがいがあるんだよ」

河内は豊川のことをスーさんと呼ぶ。偽名の鈴木からきているようだ。

「僕がですか?」

「ああ。なんか動じないっていうか。ほら、あれなんだっけ。溜め込んだうっぷんを吐き出す洞窟というか岩というか。童話であったんだけど」

「『王様の耳はロバの耳』……ですか? 叫んでいたのは穴の中ですけど」

「そうそれ！　スーさんは穴なんだよ！」

これまでいろんなことを言われた。洒落が通じないとか、堅物とか、規則の権化など。だが穴にたとえられたのはさすがに初めてだった。

「なんでも聞いてくれるっていうかさ、懐の深さを感じるんだよ」

ちなみに『王様の耳はロバの耳』では、そこに生えた草が代わりに王様の秘密を言いふらすようになるのだが、それは言わないでおいた。

「そうだ！」

さっきまで泣いていた河内がパッと笑みを見せた。

「知ってる？　スーさんは噂されているんだよ」

「なんですか、それ」

「やっぱり目立つみたい。長身で細マッチョっていうの？　なんかサムライみたいだって社内の女子たちが浮き足立っているよ。うちの社員にはいないタイプだからさ」

「そうなんですか」

喜ぶべきなのかどうか反応に迷ってしまう。そしてふと思い当たる。

「あの、ひょっとして、総務部に行った時に……」

「気づいた？　部長代理が根掘り葉掘り聞いたのは、女性社員の代弁だよ。あのひとは女性社員に慕われるようなことはないかと常に探っているから、一肌脱いでいいところを見せようとしたんだよ」

がはは、と豪快に笑った。

「今日行った運行部からもさっそく問い合わせがきたよ、あの男は何者だって」

「まさか、あのベテランの女性では……」

上司すら顎で使いかねないふくよかな〝お局さん〟を思い出した。

河内は今度は気の毒そうに、だが笑いを堪えながら言った。

「残念、そっちは男。あそこは男子校みたいなものだからさ。ま、多様性ってやつだよ。俺は恋の相手が男でも応援するからね」

そう言って愉快げに焼酎のおかわりをオーダーしたが、豊川はまったく笑えなかった。

ほんの少しの予定が三時間ほどを居酒屋で過ごした。それでも河内は物足りなさそうだったが、別れ際にこう言った。

「スーさんをみていると、頼れる反面、心配でもあるんだ。なんかこの世の不幸を全部背負ってますっていうような目をする時があるからさ」

居心地が悪そうに身を捩りながら言う河内は、打算のない正直な男なのだなと思う。こういう人間と関われて、豊川はこそばゆいような、しかし嬉しくも思ったのは酒のせいだけではないだろう。

『なるほどね。でも気をつけてね。だれが敵かわからないから』

ティーチャーは相変わらずクールな口調だった。

「バカを言うな。あのひとは違う」

船尾の冷蔵庫を開けると缶ビールでびっしり埋まっていた。そこから一本抜き取る。

『それ宮間さんよ。仕事終わりに、ここであなたと一杯やるのが楽しみみたいで、こまめに補充しているわ』

「そうなのか？」

『あのひと、口には出さないけど、自分の息子さんとは酒を飲むことも叶わなくなったから、楽しいんだと思う』

「え、亡くなったのか？」

『いや……ごめんなさい。こういう話は隠れてコソコソ話すものじゃないわね』

缶ビールを開け、一気に呷る。いつもより苦く感じた。

場の空気が重くなってしまったので、豊川はもたれかかっている背後の障子を開け、さらにガラス窓も開け放った。いつの間にか雨が降っていた。湿度の高い空気が流れ込んできて、バリで過ごした日々を思い起こさせた。

芽衣とバリを訪れたのは現地では雨季が終わりかけた三月で、ちょうどいまのような、どっしりとした空気の重さを感じられる頃だった。

バリの正月にあたるニュピは、勤労、外出、殺生だけでなく電気も使ってはいけないと厳格に定められている。観光客であっても例外ではない。

ホテルにいる分には困らないが、それでも従業員の数は少なく電気も早めに止められてしまう。

だが、それがかえって新鮮で、なにをするでもなくベッドに寝転び、白いレースの天蓋越しに、時折見舞われるスコールの雨音を聴きながら他愛のない話を尽きることなく続けた。

体を寄せた芽衣を、豊川は腕を回して抱きしめる。絶えることなく唇を重ね、この上ない安らぎを享受した。

芽衣が豊川の胸の上に頭を置いて寝息をたてるのにつられて目を閉じた。

しかしすぐに焦げ臭さを感じて目を開けた。

芽衣は三メートルほど離れた場所で炭化していた。

叫ぼうとするが声にはならない。

すると芽衣のすぐ横に黒い影が立っていた。ゆっくりと屈み、芽衣の顔に手をかざした。

死神！　待て、芽衣を連れて行くな！

豊川の体はセメントの殻で固められているように動かない。それを突き破ろうともがく。

死神が役目を果たしたとばかりに立ち上がると、赤く光る鋭い目で豊川を一瞥し、すーっと消えた。

待て！

足を蹴って目を覚ました。外では雨が続いていて、水面にいくつもの波紋を重ねていた。

脂汗を拭い、ビールを口にする。まだ冷たいことに気づいて腕時計に目をやった。

『三分もたっていないわよ』

ティーチャーが言った。

『夜も寝れていないんでしょ』

豊川は呼吸を整える。まだ瞼の裏に炭化した芽衣の姿がちらついているようだった。

「お前に俺の健康状態を心配される謂《いわ》れはない。それに好都合だろ、潜入には」

焦燥感から立ち上がり、窓を閉める。

「もう酔いはさめた。今夜、決行する」


最終電車で大手町まで戻った。時刻は零時を回っていたが、さらに時間を潰して午前一時過ぎにデイジーに向かった。この時間であればどの方面へも終電は過ぎているから社内は無人のはずだ。

セキュリティゲートを通過した記録は残るが、もう来ることはないだろうから問題にはならない。

そのまま地下の運行部を目指す。

運行部の窓から漏れる光はなかった。ドアノブの横にあるカードリーダーにカードをかざすと、ピッと短い電子音が鳴りドアの内側から金属音がした。

ゆっくりとドアを押し開け、わずかな隙間をつくって中の様子を窺う。

暗闇に、ぼんやりとした灯りがついている。

ひょっとしたら仮眠している運転手がいるかもしれないと思ったが無人だった。

体を滑り込ませ、副部長席のコンピュータに向かう。ぼんやりと薄明かりがあったのは防犯カメラ映像のものだった。

二台のカメラが駐車場を映していた。今見えるエリアがすべてデイジーのものかどうかはわからなかったが、黒塗りのセダンが四台ほど見てとれた。

役員は八人だから、四台は戻ってきていないことになるが、送迎が早朝の場合、自宅から直行するケースもあると聞いていた。

コンピュータの電源を入れながら、イヤホン越しにティーチャーを呼び出す。

「いま起動中だ——やはりパスワードが必要だ」

画面はパスワードの入力待ちで止まっている。

『了解、ではOSを起動せずにセーフモードからリモート接続するわ。いちど再起動して』

「なにを言ってる?」

『理解しなくて結構、指示するから』

癪に障る言い方だったが、言われるままに操作を行う。電源を一度切り、複数のキーを押しながら再起動すると真っ黒な画面にカーソルが点滅する画面に切り替わった。

『いまからいうコマンドを入力して』

アルファベットと数字の羅列を一文字ずつ慎重に入力していく。

すると画面が瞬き、何かを処理しているようなバーが画面に表示された。

『うまくいったわ。いまデータをダウンロードしてる。そのまま待機して』

「あとどれくらいかかる?」

『そうね、十分くらいね』

いまにもドアが開いて、誰かが入ってくる気がして落ち着かない。長い十分になりそうだった。

ふと眺めた防犯カメラ映像に、一台の車が映った。そのままデイジーラボラトリーの駐車エリアで止まる。

こんな時間に帰社する車もあるのか!

どうやらそこに止めてある自家用車に乗り換えて帰宅するようだが、この事務所に来る可能性は高い。

豊川は慌てて進行状況を確認する。まだ半分を超えたあたりで、じらすような歩みを見せている。

「ティーチャー、まずい。運転手が戻ってきた。早くしてくれ」

『早くはできないわ。かといってここで中断するとこれまでのデータも消えてしまう。

それにダウンロード後に痕跡を消す処理をする必要もあるから、問題はそっちで対処して』

気安く言ってくれる。

運転手は車を降り、スマートフォンを見ながらこちらの方に歩いてくる。

進捗度を示すバーの進み方が途端に遅くなったように感じる。ジリジリとした面持ちで待ちながら、豊川は必死で策をねった。強盗に見せかけて相手を倒してしまうのは簡単だが……騒ぎを起こせば内偵していることがバレてしまう。

豊川は副部長の席の下に潜り込み、息を潜めることしかできなかった。

電子音に続いてロックが解除される音が響き、ドアが開いた。室内が明るくなる。

机の下から覗くと、運転手は車内の清掃でもするのか、ソファーの横にあった段ボール箱から車の備品を取り出した。

早く去ってくれと思うが、運転手はスマートフォンを操作しはじめた。メッセージのやりとりをしているようだ。

そのとき、副部長のコンピュータからピッと短い電子音が鳴り、運転手は訝しげな表情を浮かべながら豊川が隠れる机に向かってきた。

豊川はすぐに跳びかかれるように体を縮め、呼吸を整え、機会を待った。数分の時間を稼ぐだけでいい。怪我は最小限に抑える……。

運転手の足が目の前で止まる。

豊川が飛び出そうとしたとき、電話が鳴った。

運転手が隣の席の受話器を取る。相手の声が漏れ聞こえた。

『こちら警備室です。そちらの車のスモールライトがつけっぱなしのようなんですが』

「あれ、そうですか。わかりました。今確認します」

受話器を置いて、小走りに出て行った。

のっそりと机の下から這い出し、コンピュータのディスプレイを見ると、ダウンロード完了の表示が出ていた。

「ティーチャー、いまのお前か?」

『なかなかやるでしょ』

「男の声も出せるのか」

『まあね。でもすぐに戻ってくるかもしれないから、いまからいうコマンドを入力して』

言われた通りにキーボードを叩いた。

『オッケー、これで痕跡は消えた。早くそこから出て』

「待ってたよ、そのセリフ」

防犯カメラには、ふたたびこちらに戻ってくる運転手の姿が見えた。

その運転手が運行部の部屋にふたたび入室する電子音を、豊川は廊下を進んだ先にある自動販売機の陰で聞いた。

弁天丸にはタクシーで戻った。

作戦の難易度はそれほど高くないものだったが、達成感の少ない嫌な疲れかたをしていた。

それは本来なら慎重に物事を進める性格の豊川だったが、今日はなにかに追い立てられるように衝動的に行動を起こしてしまったからだ。

事前にリサーチしていれば深夜であっても運転手が戻ってくる可能性を掴み、対処できたはずだった。

やはり芽衣のことで、冷静な判断力を失っていたのかもしれない。

弁天丸には灯りが点いていて、中では宮間が缶ビールを飲みながらティーチャーと話をしていた。

ため息混じりに腰を下ろした豊川は聞いた。

「それで、データからはなにかわかったのか?」

『まだよ、せっかちね』

あれからまだ一時間ほどしか経っていない。

宮間が缶ビールを手渡してきた。よく冷えていて、美味かった。

「豊川さんが引っ張ってきてくれたデータは運行記録を残すことになった約三年前から

の分になります。さらにドライブレコーダーの映像も含まれた膨大なものですので、解析には時間がかかるんですよ」

「それで、おれはあの会社にはもう行かなくていいんだな？」

『ええ。ノコノコ行って騒ぎ立てられたら社長の耳に入るかもしれない。余計なリスクは避けましょう』

「じゃあ、明日からパチンコでもして過ごすか」

『パチンコなんてやらないくせに』

よく調べてるな、と豊川はビールを流し込んだ。

第二章　浸透計画

朝から空に入道雲が浮かび、太陽をまぶしく反射していた。ジリジリと焼けるような空気のなか、豊川は旧江戸川を上り下りする漁船やプレジャーボートを弁天丸の船内から眺めていた。

豊川はどこか落ち着きの無さを感じていた。仕事に行かずにぼーっと過ごしているのが申し訳ないように思えたのだ。ほんの数日働いただけで、社会とつながることの安心感のようなものを思い出していた。

勤労の喜び、とティーチャーは言っていたが、不覚にもその通りだと思った。ひとのつながりの大切さを改めて感じていたのだ。

これまで草むらに隠れて過ごしていた日々はなんだったのかと自問すれば、それはやはり逃避だったのだろう。

芽衣を死なせてしまった。そして、その黒幕を突き止める。

その思いが豊川を草むらから引っ張り出したのだ。

復讐が生きる希望になっているのは皮肉でしかないという自覚はあるが、いまの豊川を突き動かす原動力になっていることには間違いはなかった。

水面に映る夏空を、釣り舟の波が歪ませる。

ぼんやりと視線を上げると、対岸の妙見島《みょうけんじま》にはジョギングや犬の散歩をするひとたちが見えた。

そのなかでひとりの女に目が留まる。

彼女はなにをするでもなく、ただそこに立っていた。

スキニージーンズに白いブラウス、薄いグリーンのカーディガンが風に揺れていた。つばの広い麦わら帽子の下にはサングラスをかけた線の細い顔があった。

こちらを見ているように思えたが、だとしたら屋形船でのんびりと過ごす男が珍しいのだろう。

だが、その女がサングラスをとったとき、豊川は息を呑んだ。

——まさか。

女はわずかに微笑むと再びサングラスをかけて歩き始め、豊川は慌てて弁天丸を飛び出した。

対岸に渡るには浦安橋を渡るしかないが、それだと四、五百メートルの距離を回り込まなければならず、女を見失ってしまうのではないかと不安に駆られたが、女は、まるで豊川が追いつくのを待っているかのようにときどき立ち止まっていた。

だが対岸に渡り、堤防を覗き込んだ時には女の姿はなかった。

いまいるのは旧江戸川に浮かぶ妙見島で、工場などが建ち並ぶだけで民家はない。島を出るにはいま豊川が渡ってきた浦安橋を使うしかなく、反対の江戸川区側に行ったとしても、どこかですれちがったはずだ。

焦燥感に煽られるように周囲を走り回っていたとき、やっぱりね、と女の声がして立ち止まった。途端に全力疾走の熱が追いついてきて、玉のような汗がしたたり落ちた。

声の方向に振り返ると、高架下の柱の陰にその女がいた。どうやって入ったのか、高さが三メートルほどある金網で隔てられた資材置き場の中だった。

「あたしの顔を見て追いかけてきたということは、やはり記憶喪失なんかじゃなかったのね」

「あんたは……」

「芽衣じゃないわよ」

豊川の心はかき乱されていた。目の前にいる女はどう見ても芽衣だったからだ。ただ、雰囲気や言葉遣いは思い出と異なる。

この女は芽衣と違って化粧をしっかりとしていて、服装もどこか垢抜けている。だが、その特徴的な大きな瞳や顎のラインは、かつて豊川が愛した女性そのものだった。

「あらら、混乱してるみたいね。あのね、ひとつだけ伝えに来たの。あたしがここを突き止められたんだから、それはあいつらにとっても簡単なことでしょうってこと。だから十分注意しなさい」

ただでさえ動揺しているのに、理解し難いことを言われて混乱した。

「あ、あいつらとは？」

「あなたたちが追っている組織のやつら。あんたがデイジーに潜入していることはもうバレているわよ」

この状態でなにを言われても頭に入ってこない。

「なあ、芽衣……じゃないのか？」

女は呆れたようにため息をつく。その仕草すら芽衣そのものだった。

「ちょっと、あんた。あたしの話を聞いてた？　あんたは狙われているって言ってんの」

豊川はうなだれ、金網に指を引っ掛けて崩れ落ちそうな体をなんとか固定した。

その憔悴したかのような姿に女は首を振った。

「いいかげん現実を認めなさい。芽衣は死んだのよ」

「じ、じゃあ、お前は誰なんだ」

女は鼻息を吐いた。

「芽衣の姉よ。双子じゃないけど、よく似てるって言われたわ」

姉……？

「あたしのことは聞いてないと思うけど、それはあたしが言うなって言ったからよ」

なにも言えない豊川に、女は一歩近づいた。

「あとね、あんた自分が芽衣を巻き込んだなんて思って勝手に責任を感じているでしょ。うぬぼれないで。あんたなんかに、わざわざテロを起こしてまで狙わなきゃならないほどの価値はない。それなのにあの子は……」

「ま、待て。どういう、ことだ？」

「テロに巻き込まれたのはあなたの方ってことよ。芽衣があんたに恋をしてしまったのがすべての元凶なのよ」

そう言って背を向けた。

「待ってくれ！　わからない！　どういうことだ！」

女は足を止め、肩越しに言った。

「あなたがいま追っている相手、侮らないで。昨夜、コソコソやる前からマークされていたわよ」

豊川は遠ざかる女を追おうと金網の切れ目を探してほんの少し目を離しただけなのに、女の姿は見えなくなっていた。

まるで蒸発したように、わずかに香水の匂いだけを残して。

喪失感に苛まれながら弁天丸に戻った豊川はティーチャーに連絡を入れた。そして慎重にいまの話をした。

『つまり、我々がどんなデータを抜き取ったのか、浸透計画の連中にはわかっているということなのね？』

「そのようだ」

『痕跡を消すプロセスを踏んだのに、なかなかやるわね』

「感心してる場合か。その女の言い方だと、その前から潜入に気づいているようだったし、ここも突き止められるような感じだったぞ」

『それは困ったわね』

たいして困ってなさそうに聞こえるのは、抑揚のない電子音声だからかもしれない。

『あなた、探りすぎて疑われるようなことをしたんじゃない？』

「それには気をつけていたつもりだ」

『あなたと関わりが深いのは？』

「メール室長くらいだが……それはない」

ディスプレイの向こうからため息が聞こえた気がした。

『まぁいいわ。宮間刑事にもその女のことを探ってもらいましょう』

「宮間さんはどこに？」

『このあと新荒川大橋で情報屋と会うみたいなことを言ってたわ――おっと、お客さんね』

唐突に画面が切り替わった。監視カメラ映像で、船の外を映している。

スーツを来た男が二人いた。

「すいませーん、どなたかいらっしゃいますかー、国税局の者ですー」

豊川は声を抑えてティーチャーに訊く。

「国税局がなんの用だ？」

『あー。この船は差し押さえられたものをちょろまかして使っているので心当たりはあるわね。でもなんでバレたんだろ』

「ちょろまかした？　なにをやったんだ」

正規の手順を踏んで使用しているのかと思っていたが、どうやら違ったようだ。

『しーっ。居留守がバレるわよ』

「あとでゆっくり事情を聞くからな」

息をひそめて様子を窺った。

声をかけてきた男が、隣の男に頷いた。

諦めたのか、と思ったが、その男はしゃがみ込んでなにかをし始めた。そして二分ほどで電子音が鳴り、ロックが解除された。

『やば、踏み込むつもりよ。逃げて、このパソコンはリモートで消去するから。それと、もし連絡が取れなくなったら、ツイッターでも掲示板でもいいから、わたしの名前を三回書き込んで。こっちから連絡をとる』

そしてディスプレイは暗転し、内部で処理をしているような音が小さく聞こえた。

豊川は視線をコンピュータから船の出入り口に移した。障子窓に艀を渡る男たちの影が映っていて、船体が左右に揺れる。ふたつ目の電子ロックはすぐに解除された。どちらも〝ロックな三四郎〟であることを見抜かれたのだ。

豊川はドアを開けた。

「うわっ」

黒縁眼鏡の男が声をあげた。

「いらっしゃったんですか」

「すいません、うたた寝をしていまして気付きませんでした」

眼鏡の男はジャケットの襟を直し、内ポケットに手を入れた。

「私は国税局特別調査官の布川《ぬのかわ》と申します」

身分証明証を提示した。しかし隣の坊主頭が手にしていたのは小型パソコンに様々なケーブルが接続されたもので、おおよそ国税局職員の備品には思えなかった。

布川はその懸念を察したのか、薄い笑みを浮かべた。

「ああ、彼は我々が業務委託しているセキュリティ会社の方で、立ち入り検査をするために呼んでいたんです」

坊主頭が頭を下げた。

「立ち入り検査ですか？」

「ええ、この船――」

手にしていたカバンから紙を引っ張り出した。

「第二弁天丸は、昨年に国税局により差し押さえられた物件となっております。それがどういうわけかリストから消えていて、今日まで放置されていたんです」

その紙を豊川に見えるように掲げた。裁判所から発行された立入許可証だった。

「そして、本来なら国税局の所有であるこの船に誰かが出入りしているとの情報があったものですから、こうして実態調査に伺ったのです。そこであらためまして、どちら様ですか?」

豊川はどう切り抜けるべきか思案した。

勝手に居座りました、すいません、すぐに出て行きます――で通用するだろうか。

いや、それでは堅牢な電子ロックを設置してまで占拠していることの説明にならない。

ここは時間を稼ぐか。

「えっと僕は鈴木と言います。バイトで留守番を頼まれているだけで、状況はわからないんです。依頼主が戻ってきたら連絡しますので」

「なるほど。では中で待たせていただけますか」

「いつ戻ってくるかわかりませんけど」

「ええ、構いません。上司に、この件がわかるまで帰ってくるなと言われているんですよ」

頭をかきながら言った。

立入許可書を持っているし、もともと断れる状況ではなかった。

「わかりました。ではどうぞ、お入りください。何もなくて恐縮です」

船内であぐらを組んだ布川は屋形船の中を珍しそうに眺めている。

しかし坊主頭はどこか緊張しているように見えた。そもそも鍵を開けるために委託している者なら、もう用はないはずだ。

「あれはあなたのパソコンですか」

ティーチャーを指さした。

「あ、いえ、雇い主のものです」

「なるほど、たしかに資産目録には記載されていないですね。ちなみにその方はここで何をしているんでしょう」

「私はただの留守番なので、そこまでは」

苦笑して誤魔化すが、長くは持たせられないと悟る。

「ちょっと、コンビニのトイレに行ってきます。船内のは壊れているので」

豊川は靴を履いた。

「そうですか。では彼も一緒に」

坊主頭が腰を上げた。

「えっと、なんのため……でしょうか」

至近距離で刺さるような視線を感じながら聞いた。

「私を見張るためですか？　逃げないかどうか。なんちゃって」

布川は笑うが、目はそうではなかった。

「まぁまぁ、どうかご理解ください。本来は国税庁の管理下にあるはずの物件にあなたがいらっしゃったのですから、今後訊きたいことも出てくるでしょう」

坊主頭は顔面を近づけて圧をかけてくる。睨み返してみると、さらに好戦的な感情をあらわにしてきた。心の底から豊川を憎んでいて、それを堪えきれなくなっているかのように。

「このひと、恐いんですけど」

布川に困った顔を向けるが、今度は無表情だった。

決定だな、と豊川は思った。

布川は国税庁の人間かもしれないが、これは正規の業務ではない。この船を拠点にしている組織の存在を摑み、暴きに来たのだ。

あの女が言った〝あいつら〟なのだろう。

そして坊主頭は体つきから見て、なにかしらの格闘技においてかなりの経験を積んでいるようだった。その技を発揮したくてしかたがないとでもいうように、体が小さく左右に揺れていた。

坊主頭が右足を畳を擦りながらゆっくりと下げた。布川も獲物を狙う肉食獣のように、慎重な動作であぐらからひざ立ち姿勢に移行している。

両者とも、ぴたりと動きを止めた。力を溜め込み、一気に放出しようとしているようだ。

ピンと空気が張り詰めた。

誰が、動く？

豊川は素早く視線を左右に走らせ、位置を確認した。

坊主頭は真正面に二メートルほどの距離をとっていて、布川は斜め右方向に五メートルだ。

先に動いたのは坊主頭だった。

素早く手を腰に回したかと思えば、それは光の筋を伴って豊川の頬をかすめた。すぐさま反転してきた右腕を押さえたが、ナイフの切っ先は豊川の眼球の目の前にあった。

ペンダントナイフのT字型のハンドルを握り、指の間から十センチほどの三角形の刃が出ている。

豊川は蹴りを入れて間隔を取るが、坊主頭の右腕は軟体生物のように伸びてきては急所を的確に襲う。

刃渡りは短いが、首筋や脇の下など重要な血管を裂くには十分だ。一度はかわしたものの、素早く反転してきた攻撃をかわすことができず、ナイフは豊川の左の二の腕を裂いた。あっという間に袖が血を含んで重くなっていく。

したたる血を舐めるような視線で眺めた坊主頭は勝ち誇った笑みを見せた。これからはいたぶりの時間だというようにゆっくりと距離を詰めてくる。横を見ると布川がやはり不敵な笑いを浮かべていた。眼鏡を取り、余裕を感じさせる動作でジャケットを脱ぎ、袖口を丁寧にまくっていた。獲物を残しておけというような目だった。

視界の隅からまた坊主頭のナイフが襲う。それを避けようとサイドステップしたところを、今度は布川の重い足蹴りが脇腹を捉え、豊川は床に崩れ落ちた。息ができなかったが動きを止めることが最も危険であることは明らかであるため、体を回転させる。

〇・五秒前までいた場所に、上からナイフが突き刺さった。

連携が良く取れた攻撃だった。

坊主頭のナイフ、布川の重量級の打撃。次々に襲う攻撃を、かわしては受け流し、いなしながら反撃のチャンスを窺う。

顔面に布川のパンチを受け、飛びそうな意識をなんとか引き留め、片膝をついて耐える。

そこにまたナイフが飛んでくる。豊川は座布団を掴んでそれを受け止めると、そのまま相手の腕を巻き込んだ。そして肘が曲がらない方向へ体を反転させながら、素早く、確実に力をかける。みしりと骨が軋む音が聞こえ、座布団の中で枝木が折れたような感触が伝わった。

坊主頭が地鳴りのような叫び声を上げながらうずくまったところを、顎を蹴り上げて粉砕した。

すかさず襲ってきた布川の回し蹴りを両手でブロックしたために、坊主頭の行動を奪うためのとどめは入れられなかった。怒りに任せた布川の蹴りの衝撃でバランスを崩し、拳を顔面に叩き込まれた。そして後頭部を鷲掴みにされると窓に叩きつけられ、障子越しにガラスが割れた。

床に崩れ落ちた豊川の体を踏みつけるような追い打ちを、回転してかわしてなんとか立ち上がると、布川はナイフを拾い上げていた。

布川の表情からは余裕のようなものは消え、確実に仕留めるという暗殺者の目になっていた。

豊川は覚悟を決めた。

深く息を吸い、大量の酸素を脳に送り込み活性化させる。

ひとは恐怖を感じた時などに、周りの動きがスローモーションに感じることがある。極限状態の訓練でアドレナリンが脳の処理能力を最大限に向上させる、このような体験をすることがたびたびあった。

静かに、深く、ゆっくりとした呼吸により、いまも布川の動きがはっきりと見えた。

ナイフを携えた右腕が最短距離で飛んでくる。

豊川は体を捻ってかわしながら、その腕を抱え込んで勢いそのままに背後の壁に突っ込ませる。ナイフが柱に刺さって一瞬、動きが止まった。

床を蹴ってふわりと飛び上がると、今度は両足で右腕を挟み込み、倒れ込みながら布川の首に左足を巻きつけた。床に落ちた時には三角絞めの体勢ができていた。

布川は酸欠で充血した目で睨みながら、なおもナイフを離さなかった。その切っ先が豊川の喉元にじわじわと近付いてくるがここで力を緩めるわけにはいかない。

豊川は冷静に見極めていた。ナイフが自分に届く前に、〝落ちる〟はずだ。

実際、そうなった。白目を剝き、口から泡を吹く布川の手からナイフが落ちた。

豊川は立ち上がると、うずくまる坊主頭の背中を足で押さえつけ、ポケットを探った。身分を示すものはなかったが、車のキーがあった。

「おい、お前は何者だ。なぜ俺を襲った」

思った通り、答えるつもりはないようだ。

すこし痛めつけて反応を探るか。

そう思って、砕いた右腕の関節を捻りあげようとしたとき、左手になにかを握りしめているのに気づいた。

引き剝がしてみると、それは電子タバコのケースほどの大きさで、小さなディスプレイが付いていた。数字がカウントダウン表示されていて、ちょうどあと十秒を切ったところだった。

坊主頭が、狂ったように高笑いをはじめた。自らの血で溺れ、何度も咳き込んだが、それでもやめなかった。

これがなにを示しているのか直感し、豊川は外に出て船首に向かって駆けた。船底から突き上げるような衝撃があり、床が波打った。

船首部分で踏み切って、そのまま飛んだ。

その刹那、爆発が襲う。豊川は予想した入水地点よりも三メートルほど飛ばされ、半回転し、背中から着水した。

水中にいても、高熱の空気が広がったのがわかった。

水面に顔を出すと弁天丸は砕け散り、空から無数の破片を降らせていた。

やや離れたところまで泳ぎ、岸に上がる。多くのひとたちが何事かと集まってくるが、その流れに逆らって進んだ。ずぶ濡れの豊川に怪訝な視線が突き刺さるが構っている暇はなかった。

——宮間が危ない。

その思いで堤防を越えた。

携帯電話は弁天丸の中で、宮間の連絡先は記憶していなかった。それにパソコンも吹き飛んでしまい、ティーチャーとの連絡手段もない。

豊川は坊主頭から奪った車のスマートキーのボタンを押しながら周囲を走り回った。するとピピッと音がしてハザードランプを点灯させたプリウスが目に入った。

運転席に滑り込むと、新荒川大橋に向かって車を急発進させた。

いくつの信号を無視したのか覚えていない。一之江インターから首都高速に入り王子北で降りるまで、三十分ほどの時間がかかった。

豊川は新荒川大橋近くの土手に車を乗り捨て、周囲を見渡した。ティーチャーの情報ではこの近くで情報屋と会っているはずだった。

宮間の姿は見当たらない。すでに移動したのか。いっそのこと警視庁捜査一課に電話をかけて所在を確認するかと思った時、二百メートルほど先の河川敷のベンチで横になっている男が見えた。通りかかるひとたちからは、疲れたサラリーマンが寝ているくらいにしか見えないのか誰も足を止めないが、それが宮間だとわかった豊川は全速力で宮間に駆け寄った。

「宮間さん！」

しかし様子がおかしい。まったく反応をみせないのだ。

「宮間さん！」

もう一度叫びながら揺り動かす。すると宮間が目を薄く開けた。

「……ああ、よかった……。来てくれた……」

「大丈夫ですか！　なにがあったんです」

ぱっと見では、外傷は見当たらなかった。しかし宮間の生体反応は明らかに弱っていた。

「……なにか……刺された」

そう言って震える手で首元を示した。

背後から何かを注射されたようだ。

すぐに救急措置が必要だと判断し、宮間のポケットを探る。

「携帯は……取られた」

くそっ！

「いま救急車を呼んできます」

そう言って一旦立ち去ろうとした時、意外なほど力強く手首を摑まれた。

「キャップを被った……身長百八十センチ……痩せ型……紺のTシャツを着て、黒いザックを……」

犯人像を伝えようとしているのがわかった。

「喋らないで！」

そう言い終わる前に、宮間は今度は豊川の襟首をつかんで引き寄せると、鬼気迫る叫び声をあげた。

「いいから追えっ！」

そして咳き込み、また弱々しく続けた。

「……まだ遠くには行っていない……逃すな……浸透計画の、刺客だ」

視線が、新荒川大橋のたもとを示した。

「宮間さん、しかし」

「俺はまだくたばらん」

その眼光に、豊川はなにも言えなかった。

「これを……持っていけ。役にたつ……」

豊川の手に警察手帳を握らせた。

「わかりました、追います。ちょっと休んでてください」

そしてジョギングで通りかかった男に向かって叫んだ。

その男は若干怯えながらも、ただならぬ状況を察知し、駆け寄ってくれた。

「携帯電話をお持ちでしたら救急車を呼んでください。薬物中毒の可能性ありと」

宮間が消え入るような声で豊川を呼んだ。

「なんです?」

聞き取れなくて豊川は宮間の口元に耳を近づけた。

「あいつを……あいつはひとりじゃ……たのむ……」

意味はわからなかったが、わかりました、と豊川が言うと安堵の笑みを浮かべ、目を閉じたまま、小さく頷いた。

「すいませんが、あとをお願いします」

豊川はまだ携帯電話で話をしている男にそう言い残すと、宮間が示した方向に走り出した。走りながら頭の中に地図を描いた。

犯人はひとり。わざわざ大通りに向かったのなら……地下鉄駅か！

新荒川大橋から四百メートルほどのところに赤羽岩淵駅がある。南に行けば都心、北に行けば浦和方面だ。電車に乗られてしまえば跡を追うのが難しくなる。

焦りが豊川の足を早めさせた。

かつては、この高度、気温、湿度であれば、百メートルを十五秒のペースで一キロは走破できたがいまはそれができず、息が上がる。自堕落に過ごした日々を悔やんだ。

それでも土手を越えて大通りに入ると、五十メートルほど先に宮間が言った身なりの男を視界に捉えた。

男は赤羽交差点を左に曲がった。そこにある駅入口に向かっているのだ。

豊川も八秒遅れで後を追う。

駅の改札を警察手帳を掲げながら突破し、階段を駆け下り、ホームに降り立った。しかしタイミングが悪いことに、ホームの両側に電車が到着していた。

改札に向かおうとする多くの乗客とすれ違いながら男の姿を探すが見当たらない。

くそっ、どっちだ⁉

豊川は電車の中を窓から覗き込みながらホームを走った。日吉行きの電車を三両分確認して、今度は反対側の浦和美園行き電車を確認していくが二両分走ったところで発車のベルが鳴った。ホームドアが閉まるのを舌打ちをしながら見守るしかなかった。

続いて浦和美園行き電車の発車を知らせるアナウンスが流れ、すぐにドアが閉まった。

豊川はハッとして駆け寄る。反対側の日吉行き電車のドア付近、背を向けて立っている男がいた。宮間が伝えた通りの特徴を持っている。

豊川はホームドアを激しく叩いた。車内の数人が驚いた目で豊川を見るが、その男はまったく動かなかった。

そして電車は走り始めた。

――駆け込み乗車は大変危険ですのでご遠慮ください。

アナウンスが虚しく響いていた。

豊川は踵を返し、宮間の元に向かった。

土手の上から見下ろすと、宮間がいたところにはすでに救急車が到着していたが、数台のパトカーも停まっていた。

いやな予感が豊川の足を鈍らせた。そして救急隊員が救急処置を施していないことを理解して崩れ落ちるような感覚になった。

宮間はまだベンチに横たわっており、その横で救急隊員は警察官と話をしている。やがて、宮間にブランケットがかけられるのが見えた。つま先から頭の先まで……。

宮間が死んだ。その事実を受け止められなかった。しかし、ジョギング姿の男がこちらを指差しているのが目に入った。そして警察官が三名、駆け足でこちらに向かってくる。

すべてを話してみたらどうなるだろうかと考えた。偽名を使ってデイジーに潜り込み、深夜にハッキングをした。住んでいた屋形船は爆破され、そこで死んだ男が所有する車に乗ってここにきたのも調べればわかるだろう。浸透計画の話をしたところで理解されるとは思えないし、さらに警察組織内部に息がかかっている者がいれば、もう逃げられない。

豊川はゆっくりと後退りをし、背を向け、そしてまた全速力で走った。

土手沿いに止めていたプリウスは、飴に群がる蟻のように警察官が取り囲んでいたため、仕方なく幹線道路を避けて住宅街を抜けた。追われる身となり、宮間の死を悲しむ余裕もなかった。

ティーチャーとの連絡手段も断たれ、まさに孤立無縁の状態だった。

こうなると、豊川にはふたつの選択肢しか残されていなかった。

ひとつはまた路上生活に戻ることだ。浮世から身を遠ざけ、嵐が通り過ぎるのをじっと待つ。その過程で心の整理もつけられるだろう。

だが、それでは宮間が浮かばれない。豊川自身が襲われたのも、宮間が暗殺されたのも、我々が触れられたくないものに触れたからではないのか。

それがなんなのか、いまはわからないが、すくなくともこのまま埋もれさせていいものではない。そのために宮間は命をかけたのだから。

ならば、とるべきもう一つの道。それは戦うことだ。

実体像がわからない鵺《ぬえ》のような存在に対してできることは少ないが、まだ手はあるはずだ。

豊川は、いまは随分とその数を減らした公衆電話を探した。

ようやく緑の電話ボックスを見つけ、コレクトコールをかけた。弁天丸爆破の状況で現金を持ち出す余裕などなかったからだ。

電話の相手がコレクトコールを許可してくれた。

『おい豊川。いったいどうなっている』

開口一番、外村が言った。

『旧江戸川の屋形船爆破騒ぎ、あれ、お前だろう』

「確かにその場にいましたが、私が爆破したわけではありません」

『まったく。お前がシャバに戻ってきたかと思ったら、もうこれだ』

今後のことを考えると、これから助けを求める外村に対して隠し事をするのは得策ではないだろう。

「申し訳ありません。詳しいことは直接会ってお話しします。ぜひお力をお借りしたいのです」

『詳しいことを聞く前にサポートを約束しろというのか』

「申し訳ありません」

もう一度繰り返した。

『助けてやりたいのはヤマヤマだが……。お前、覚えているだろ、楢崎を』

油断ならない光を伴った、楢崎の目が思い出された。

「監視されているんですか」

『そういうことだから、下手に動けない』

「そうですか……、了解しました。突然に申し訳ありませんでした」

電話を切ろうとしたところ、唸り声が受話器から届いた。

『とはいうものの、そこをなんとかするのが男ってもんだ。監視を撒いて、ひとめにつかないところで待ち合わせよう。それでいいか？　なんとか楢崎を振り切って向かう』

豊川は見えない相手に頭を下げた。

ふたたび光が差し込んできたかのような心持ちだった。


午後十時。豊川は墨田区の鐘ヶ淵にいた。隅田川と旧綾瀬川が合流するあたりで、昼間はそれなりにひとがいるものの、夜になるとそれも消える。

『首都高速の高架下にホームレスたちの集落がある。俺がいくまでそこに身を隠して出てくるんじゃない。ホームレスに化けるのは得意だろ』

そう言われた。

ブルーシートと段ボールが主たる材料ではあるが、しっかりとした骨組みを持った家が整然と並ぶ一角がある。この場所のことは豊川も知っていた。かつてねぐらにしていた荒川河川敷からも近い。もともと浅草やスカイツリーなどに近いエリアにいたホームレスたちに、区と市民団体が場所を用意したという。区画が整理されており、高架下であることから雨天でも快適に過ごせる絶好の場所だが、観光客の目に触れないように体よく追い出されたとも言えた。

外村はボートで来るという。万一、豊川が尾行されていたとしても水路なら追って来れないし、話を盗み聞きされることもない。

豊川は目だたぬよう、首都高速の橋脚に寄りかかり、膝を抱えて時間が過ぎるのを待った。

漆黒の隅田川に灯りが近づいてくるのが見えた。六人乗りの小さなボートで、水神大橋の下をくぐるころにスピードを落とし、大きく左に流れを変える墨田川の真ん中あたりで停船した。

このあたりの川幅は百五十メートルほどある。川の流れはほぼなく、ボートはのっぺりとした水面に漂っていた。キャビンから人影が出てくるのが見えた。外村だ。豊川の姿を双眼鏡で探しているようだ。

豊川は水辺の遊歩道に降り、手を振った。それに気づいたのか、ふたたびエンジン音がしてボートはゆっくりとしたスピードで向かってきた。

その時だった。手すりに火花が散って、遅れてタタタという乾いた音が聞こえた。ポンポンと音がしてボートのFRP製のボディに穴が開くのが暗闇でも見えた。

豊川は地面をローリングして一旦その場を離れると、コンクリート製の花壇の隙間に身を隠して狙撃点を探った。遊歩道に川上側から迫ってくる二人の人影が見えた。走りながら、さらに発砲してくる。サイレンサー付きのサブマシンガンで閃光も抑えられていたが、それがオレンジの柔らかい光であっても、放たれる銃弾はあきらかに凶暴なもので、さっきまで豊川が立っていたあたりの地面を掃射し、次に水面に小さな柱をたてながらボートに向かっていく。

外村はたまらずに川の中ほどまで退避したが、接近を試みる度に銃弾に阻まれることをくりかえした。

今度は川下からも発砲音が鳴った。豊川は掃射の合間を狙って外村に向かい大きく手を振り、撤退せよ、と合図を送る。

それでも外村は立ち去りがたいのか、距離をとったところで八の字に操船しながら様子を窺っていた。

豊川に残された道は、川に飛び込んでボートまで泳ぐか、迫る敵の間にある階段を駆け上がって逃走するかだ。

前者の場合、泳ぐスピードよりも敵が射撃位置につく方が早いだろう。外村が迎えにきたとしても、背中から銃弾を浴びるのがオチだ。

ならば、今日のところは外村との合流を諦めて、離脱するしかない。

しかし、ここまで周到な敵が唯一の逃走経路である階段上に人員を配置しないわけはない。おそらく待ち伏せをされているだろう。

だが、いまの豊川にはそこに賭けるしか道はなかった。

こうして留まっている間に、刻一刻と状況は悪くなっていく。

コンクリート製の花壇が棺桶に思えてきた。

脱兎のごとく飛び出した豊川は階段に向かった。三秒ほど川下から迫る刺客と正対することになるが、背後にいる川上組との同士討ちを避けようとする心理に賭けた。

それは成功した。一瞬、両側からの砲火が止まったのだ。それで十分だった。

豊川は階段を駆け上がる。しかし駆け上がりながら緊張も増した。

挟み撃ちの場合、射撃対象の反対側には仲間がいて射撃が難しくなるのはわかりきっている。だから角度を変えた位置に別の射手を配置するのは基本中の基本だ。いままでその角度からの攻撃がなかったのが不思議なくらいだが、間違いなく潜んでいるはずだった。

だが躊躇している暇はない。階段を上りきり、とにかく全速力で駆けた。

そこで異変に気づいた。

確かに刺客はそこに潜んでいたのだ。ただ、スーツ姿の二人組が、銃を抜くことすらできずに倒れていた。

それでも足を止めるわけにはいかなかった。堤防を越えると、長さ一キロ以上になる白鬚東《しらひげひがし》アパートが山脈のようにそびえていた。水害、火災から都市を守る防壁として機能する巨大な団地だ。

災害時にはあらゆる開口部がシャッターで閉じられ、まさに壁と化すその構造物の第一ゲートをくぐり抜けて都道に出たその時、黒のハイエースが進路を塞いだ。方向転換をしようとしたとき、開け放たれていた助手席の窓から叫び声が耳に飛び込んできた。

「乗れ！」

聞き覚えのある声だった。後ろからは追っ手の影が四つ、迫ってきている。豊川は車に飛び込んだ。助手席のドアを閉める前に車は発進したが、それでも銃弾がボディに食い込む音が連続で響いた。

「礼をいうべきかな」

ハンドルを握る女、芽衣の姉に言った。

「当たり前だ。隙がありすぎる。元特戦群が聞いて呆れる」

豊川の経歴を知っていることについては驚かなくなっていた。

「なんて呼べばいいんだ」

赤信号を当然のように無視しながら、ため息のついでのように名乗った。

「あたしは詰田朱梨《あかり》。ちゃんと〝さん〟付けで呼びなさい」

顔は似ているのだが、芽衣と姉妹とは思えないほどきつい性格に戸惑いを隠せない。

特に口調だ。芽衣の声には癒しを感じられるが、朱梨はどこか攻撃的で尖っている。

「ま、いいわ」

いつまでも感謝の言葉が聞けないことに見切りをつけた朱梨は、しばらく走って追跡がないことを確認すると、路肩に停車させた。

「どうした」

「あたしはここで降りるから、あとはうまくやんなさい」

「ま、待て。聞きたいことが山ほどある」

「あたしに答える義理はないわ」

「じゃあひとつだけ教えてくれ。なぜ俺を助ける？」

街灯が、青白く朱梨の顔を照らしている。そして言葉を吟味していたかのように時間をかけ、ようやく言った。

「妹の面倒をみるのは姉の役割でしょ」

「あんたは……芽衣はいったい……」

朱梨は、まるで他愛もない世間話をするような感じで言った。

「あたしも妹も日本の名前だけど、そうじゃない。生まれたのは中国よ」

絶句する豊川に、朱梨は続ける。

「だけど、本当の名前がなんなのかは知らない。どこで生まれたのか、親が誰なのかもね。物心がついたときは――あれは吉林省かどこかの施設だろうけど、日本語で暮らし、日本人として育てられていた」

「浸透……計画」

できの悪い生徒が正解を答えた時の教師のように、偉いわね、という表情を向けた。

「私たちは捨てられたのか、それとも孤児だったのかはわからないけどね。その施設のなかはまるまる日本だったわ。高校に入学するタイミングで日本に来たけどまったく戸惑うことはなかった。それからは日本で暮らしていた偽の親と一緒に、どこにでもいる女子高生として過ごしたわ。あたしは大学に行き、エリートの道を進んだ。妹は高卒で就職をし、普通に暮らしながら機会を探っていた」

「機会……」

その言葉には重苦しい意味が含まれていることを豊川は悟った。

「日本の中枢に入り込む、または情報に触れるための機会。各方面のキーパーソンに接触し、情報を得る。わたしたちはそのために教育されてきた」

「じゃぁ、俺と芽衣の出会いというのは」

「もちろん偶然ではないわ。あなたは、いまだに謎の多い特殊作戦群という対テロ特殊部隊の一員だった。さらにその後、情報本部に異動し各国の諜報活動状況にも詳しかった。そしてその責任感からか、家族や友人を極力作ろうとしていなかった。そこに付け入る隙があると考え、送り込まれたのが芽衣よ」

豊川の唯一といってもいい趣味が書店巡りだった。スパイものやミステリーものは好きではなかった。職務からかけ離れた雰囲気のエッセイや純文学、時代小説などを好んだ。

　そこで出会ったのが芽衣だった。幅広い書籍の知識を持っていて、顔を合わせれば挨拶をし、そのうちおすすめの本などを紹介してもらうようになった。

「それでも、付き合うようになったのは一年以上もあとのことだ」

　朱梨はこともなげに言う。

「急いだら怪しいじゃない。あんたみたいな切れ長の目のザ・日本人がモテモテなわけないでしょ。実際、女から声をかけられたことなんてないんじゃない？」

「それはそうだが」

「でしょ。そんなひとに積極的にアプローチしたら怪しまれるに決まっている。だからあんたから仕掛けるようになるまで地道に過ごしたのよ」

　言葉を失う豊川に朱梨は追い討ちをかける。

「浸透計画は七十年以上も前から始まっている。それこそ戦後の頃からね。その尺度でみたら、一年くらいの我慢なんて一瞬の出来事よ」

　我慢という言葉に、すくなからずショックを受けた豊川だったが、朱梨は感情の起伏もみせずに言った。

「でもね、あの子の我慢って、ちょっと違ったのよね」

「え？」

「あんたと会えないのを我慢してた……あんたと会えるのを楽しみにするようになっていたみたい。あんたに女をたぶらかすスキルなんてないでしょうから、勝手に惚れてしまったあの子のせいなんだけどさ。心底、あんたなんかのことをさ……」

朱梨が言葉を詰まらせた。豊川も芽衣と過ごした時間を思い出し、込み上げる感情を深いため息をつくことで堪えた。

「芽衣は、素晴らしい女性だったよ」

「そんなこと、あんたに言われなくてもわかってる。あの子は……あの子はね、計画から の脱退を強く望んだの。だけどどうなるものでもなかった。計画のために作られた人生よ。そしてあの子は計画がこの日本でどこまで浸透しているかを知っている。それを、はい今までご苦労様でした、と解放するわけがない。むしろ、こちらの計画が情報本部のあんたを通して日本側に伝わるかもしれない。あんたが退官してても関係ない。脱退の意思を見せた段階で、あの子は組織にとって脅威になったの」

「だから……テロに見せかけて……？」

「そうよ。言ったでしょ、テロに巻き込まれたのは、あなたのほうなのよって」

豊川は目眩を感じた。吐き気すらして目を強く瞑《つむ》った。

「ずっと一緒にいて欲しい。結婚しよう」

ホテルのバーで、豊川は芽衣に言った。付き合い始めて半年ほどのことだった。

ニュピが明け、街は多くのひとで賑わっていた。テーブルの上で芽衣の手をとった豊川には、クラクションや周囲の喧騒すら祝福の歓声に聞こえた。

芽衣は嬉しそうに、でもどこか申し訳なさそうな、複雑な感情をないまぜにした笑みを浮かべていた。

ありがとう、となんども呟きながら目を潤ませた。

頬を伝う涙をぬぐおうと伸ばした豊川の指は、ついに芽衣に触れることはなかった。

灼熱の爆風が彼女を吹き飛ばしてしまったからだ。

豊川が意識を取り戻すまでにどれだけの時間が必要だったのかはわからない。

煙が充満する瓦礫と化したバーを、朦朧とした意識の中、這い回りながら芽衣を捜した。

芽衣は、まるで捨てられた人形のように床にあった。

死神の姿を見た気がした。

芽衣を連れて行くな、何度も叫ぼうとした。だが喉は熱風で張り付いてしまったかのように声がでない。ただヒューヒューと音を鳴らすだけだった。

ようやく芽衣の体を抱きあげたとき、豊川が好きだった大きな瞳は赤く充血し、みるみる生の色を失っていくのがわかった。

芽衣、行くな！

声にはならなかったが、それで聞くことができた。芽衣がかすかにつぶやいた最期の言葉を。

ごめんね、と。

ひとしきり芽衣を抱きしめた豊川は復讐心に支配され、その時は涙は出なかったのに、いまは止めどなく溢れていた。

「あたしもあとで知ったんだけどね、もともとバリでのテロ計画はあった。でも実行日は芽衣の滞在期間中に修正されたの。あいつらからみたら、一石二鳥ってわけよ」

芽衣が、ごめんね、と言った意味がいまはわかるような気がした。

「あんたが、アザゼールを壊滅させたのは組織にとっても予想外で、そのために最重要人物になった。だけど帰国後、あんたは腑抜けになりホームレス状態で行方不明になったため、組織のマークからは外れていたの。ところがふたたびあんたの名前が知られることになった」

「ホームレス襲撃犯との乱闘騒ぎか」

「そうよ。警視庁にも浸透計画の手は入り込んでいるからね、すぐにアラートが出たわ。組織の者が身柄確保のために向島署に向かったけど、タッチの差で攫《さら》われた」

「宮間さんだ」

「そう、彼がどこまで知っていたのかはわからないけど、彼らもあんたのことを捜していたみたいね。テロ事件から浸透計画に遡るために」

朱梨は豊川の左腕の負傷に気づくと、手を取って引き寄せ、袖をまくって自身のバッグから取り出したアルコールワイプで消毒をはじめた。

「誰が、宮間さんを」

「『百人衆』って呼ばれる精鋭部隊よ。浸透計画の中でも異端の存在ね」

「浸透計画はどれくらい日本に入り込んでいるんだ。どのくらいの規模なんだ」

朱梨は両手のひらを上に向け、唇を真一文字に結んでみせた。

「あたしも全貌は知らないわ。計画自体は戦後からはじまっているからもう七十年くらいでしょ。関わってる人間は千人とも二千人とも言われているけど、末端のあたしたちには知らされていない」

真偽はわからなかったが、嘘を言う理由ももたない気もした。

「その百人衆ってやつらが、芽衣や宮間さんを？」

「ええ、そうでしょうね」

「どうやったらやつらを見つけられる？」

怒りに燃えた声に対して、朱梨は緊張感に欠けた声で答えた。

「なにもしなくていい。あいつらがあんたを見つける」

望むところだ、と豊川は拳を強く握った。

「もう一度聞くが、なぜ俺を助ける。お前はまだ組織の人間だろう」

「あんたにお前呼ばわりされる覚えはない。さん付けで呼べと言っただろう――血は止まってるね」

朱梨は豊川の腕を見て、それからドアを開けて車高の高い運転席からジャンプするように降りた。そして閉めかけたドアの隙間から顔を覗かせた。

「もう一度言うけど、あんたを助けたのは妹のため。あの子が惚れた男がどんなやつか気になって見に行った。そしたら、あんたはあたしを追っかけてきた。そのとき『ああ、こいつはまだ妹を好いてくれている』って嬉しくなって、つい警告してしまった。その時点で組織にとってあたしのステータスは〝敵〟よ。だけど姿をくらます術は心得ている。だから消えるわ」

「待て、連絡はどうすればいい」

「青空に向かって私の名前を呼びなさい。〝さん〟付けでね」

一旦ドアは閉まったが、すぐにまた開いた。

「そうだった、肝心なことを言うのを忘れてた。いいこと教えてあげる。東武線浅草駅北口にロッカーがある。そこにいまのあんたに必要なものが入っているから受け取りなさい。記憶力は鈍っていないわよね」

続けてロッカーの番号と六桁の暗証番号を言い、電車賃として二百円を手渡してきた。

「あ、それと今日はこの車で寝てもいいけど、これ盗難車だからそこんとこよろしくね」

ドアが閉まり、今度は再度開くことはなかった。

豊川は助手席を降りて車体を回り込んだが、そのわずかな時間に、朱梨の姿は消えていた。

マジックでも見せられているかのような気分になり、いったいどうやっているんだろうかと不思議に思った。

運転席に座りながら、こんど会ったらその秘訣を聞いてみよう、と独り言を言った。

その日はコインパーキングに車を止めて車中泊をした。

あまりに多くのことが起こった一日で、脳内は混乱を極めていたが、あれだけ眠れない夜を過ごして来たというのに、体はこれからのことに備えるかのように意外なほど熟睡モードだった。

それが闘いのなかでしか安らぎを得られないのかと不安に思わせた。

芽衣の喪失は、闘いでしか埋められないような気がしたからだ。


早朝にその場を離れ、浅草駅に向かった。最寄りの北千住駅から浅草駅まではきっかり二百円だった。

指定されたコインロッカーを見つけ、教えられた暗証番号を入力する。パチンとドアが開き、覗き込むと小さな紙袋が入っていた。

意外と重量のあるそれを摑むと、隅田川沿いにある公園に行き、人目を避けられる場所をさがして袋を開けた。

まずは封筒があり、現金が三十万円ほど入っていた。それとスマートフォン。すぐに使える状態だった。

そしてもうひとつあるものが。だがそれを見ても手にはとらなかった。ただ思案した。どう動くのが正解なのか。

まずはティーチャーだ。

直通番号は知らされていないが、こんなことを言っていた。ツイッターでもフェイスブックでもどこかの掲示板でもいい。ネットで自分の名を三回呟けば、こちらから見つけてコンタクトを取ると。

そのときは、まじないめいたことのように思えたが、いまは他に手段を知らない。

豊川はネット掲示板を開いた。ユーザーの質問に他のユーザーが答えるものだ。最初に目についた質問の解答欄に入力した。

『ティーチャー、ティーチャー、ティーチャー』

これだけでいいのだろうか。

どんな返信がくるのかと思い掲示板を眺めていると、いくつかコメントが追加された。

――なに、ティーチャーって

――ばかにしているんじゃね?

――荒らしはよそへいけよ

質問をよく見ていなかったが、「どんなにがんばっても上司が自分の成果を評価してくれず、給料があがらない」というスレッドで、パワハラで訴えればいい、仕事はがんばりではなく成果だ、といったコメントの合間にティーチャーという言葉が三回唱えられた状況だ。

ティーチャーはどうやってコンタクトを取るつもりなのか。ここに書いたらあっという間に晒される。

しかしそれから五分ほどでスマホの通知音が鳴り、ショートメッセージにリンクが表示された。どうやらなんらかのアプリをインストールするようだ。

指示に従うと、ホーム画面にあのナースのアイコンが出現した。それをタップする。

ややあってティーチャーの声が聞こえた。

『よかった、つながった。心配してたのよ。ネットの世界をつねに見張ってて、書き込まれたIPを辿ってきたわけ』

豊川は電話をするように耳に当てる。

「それはいまはともかく、なぁ、宮間さんのことは」

『ええ、知っているわ。残念ね』

電子音だからしかたがないが、その無機質な声から感情が拾えず、腹がたった。

「なんで俺たちが襲われたんだ」

『あなたたちだけじゃないわ。わたしも猛烈なサイバー攻撃を受けているの。浸透計画の連中が居場所を特定しようと躍起になっているのね』

「大丈夫なのか?」

『いつか突き止められるだろうけど、まだ時間はある。対処するわ』

「それで、抜き取ったデータはどうだったんだ?」

『まだ完全には解析できていないけど、連中が知られたくない情報が入っていると考えて良さそうね。だから襲ってきた』

「だが、忍びこんだ俺を狙ってくるのはわかるが、なぜ宮間さんまで?」

『それは気になっているけど、まだ摑めていない』

「まるで以前からマークされていたみたいじゃないか。どこでバレたんだ?」

『言ったでしょ。まだわからない』

電子音でも苛立っているような雰囲気があった。

『ねえ、ところでこのスマートフォンはどうしたの』

「これは……長い話になるんだが」

豊川は外村に助けを求めたが襲撃され、そこを朱梨に助けられたが、芽衣もかつては浸透計画の一員であり、任務として豊川と接触したことを説明した。

「それで、当座をしのぐために、現金やこのスマホを提供してくれた」

『彼女に特別な感情を抱くのはわかるけど、それって罠じゃないの』

「なんだって?」

『弁天丸は、あらかじめ船底に仕掛けられていた爆弾で吹っ飛ばされた。あなたが彼女を追いかけている間に仕掛けられたとは考えられない?』

「彼女は囮《おとり》だったと言うのか」

『否定はできないでしょ』

「だが俺を助けてくれた」

『あなたは浸透計画がいかに用意周到に物事を進めるのかわかっているはずでしょ。時間がかかることや遠回りなことも、相手の心理を操るためにやっている。芽衣さんだってあなたに近づいたのは──』

「わかっている！」

豊川はつい怒鳴ってしまい、周囲の目を引いた。再び声を抑える。

「それはショックだった……。だが俺たちは本当に愛し合っていた。それだけは譲れない」

ティーチャーはしばらく押し黙り、事務的な声で言った。

『リモートでそのスマホを解析するから、ちょっと待って』

豊川には朱梨が語ってくれたことが、自分を罠にかけるためのフィクションだったとは思えなかった。

朱梨に芽衣の姿を重ねてしまうのは事実で、そのために冷静な判断ができていないことを否定するのは難しい。あんなにもぶっきらぼうな物言いでも、芽衣が近くにいてくれるような気になるのだ。

『やっぱりね』

その声に我に返った。

『そのスマホのなかに解読できないプロセスがあるわね。どういう機能なのかがわからないけど』

「どういうことだ」

『常時ハッキングされていてもわからないってこと。それをそのまま使い続けるのは危険だわ。廃棄して別の携帯電話を調達して』

豊川はスマートフォンを眺めながら、つぶやいた。

「なぁ、もしそんなことをしたとして、彼女にはどんなメリットがあるんだ」

『どんなって、我々の状況を知るために決まっているでしょう』

「だが、彼女は組織を裏切ってまで俺を助けた。辻褄が合わない」

『そうね、通信を傍受してわたしの居場所を突き止めるためかもしれない。それに、そのスマホは芽衣さんが使っていたものじゃないのよ？　姉が組織を抜けたというのは嘘かもしれないし、どうしてそこまで固執する必要があるの』

「わからない」

わからないが、この状況でなにか信じられるもの——拠り所が欲しかったのかもしれない。

このスマートフォンを失うことで朱梨との繋がりを失い、それが再び芽衣を失うことになるようで不安だったのだ。

「それに、もしこれが情報を摑むためのものだったら、逆にこっちからも辿れるんじゃないのか？」

豊川の態度に、ティーチャーが折れた。

『そんな簡単にはいかないわよ。でもこっちもそのスマホを監視する。へんな動きをしてそうだったら即刻破壊する。いいわね』

「ああ、わかった。それで、これからどうする」

『まずはデータの解析ね。そこになにがあるのか、はっきりさせたい』

「役員車両の運行データでしかないはずなのに、どんなことが？」

そもそも、友部の行動を調べるためでしかなかったはずなのだ。そこで違和感に気づく。

「なあ、ちょっと思うんだが、俺たちを襲ったのが浸透計画だったとすると、一貫性がないような気がする」

『というと』

「浸透計画は何十年にもわたって密かに進行してる計画だ。ひょっとしたら、この先もまだ何十年も続く壮大なものかもしれない」

『そうね』

「それなのに――」

豊川は自身が襲われた時のことを思い起こした。

「連中はプロの暗殺集団であることは間違いない。百人衆とかいう連中は特別な訓練をうけている。俺が弁天丸で襲われたときは国税局員を名乗った格闘系の男とナイフの達人で、宮間さんは薬物注射で目立たないように暗殺された」

『そうね。それが？』

「それなのに、俺がかつての上司と会おうとしたときは、夜中で人がいないとはいえ、襲ってきたのはマシンガンを持った工作員たちで、六名構成だった。つまり、かなり必死に思えた」

ティーチャーは豊川のいわんとしていることを悟ったようだった。

『派手な動きは浸透計画の隠密性を損なうことにもなるということね。あなたが手強いと知ってなりふり構わなくなってきたんでしょうけど、そこまでリスクを冒すのか、と』

「そうだ。つまりおれたちが摑んだ情報というのは、かなり緊急性があるなんらかの計画に繫がっているのではないのだろうか。いますぐ手を打たなければ全てが無に帰してしまうようなこと」

『近々発動するはずの計画がある……』

豊川は腹の底がずっしりと重くなったように感じた。

「まさかテロか？　この日本で？」

『もし浸透計画がそこまでのことをするつもりなら、それは長年の計画の集大成ってことになるのかもしれないわね。その最後のステップであなたが障害として現れた』
「そう考えたら連中がなりふり構わないのも納得できる。何十年も準備してきたことが無駄になるような情報を、俺たちは持っている」
それは一体なんだ……。
「とにかくデータの解析を頼む。俺はひとつ確かめておきたいことがある」

『おお無事だったか!』

外村は開口一番に言った。電話越しに恐縮する姿が思い起こされた。

『あのときはすまなかった。なかなか近づけなくて』

「いえ、共倒れを避けるためでも、二手に分かれて正解でした」

『お前のほうは大丈夫なのか』

「ええ、なんとかなっています。ただ、またお願いしたいことがありまして」

『おお、なんだ。言ってみろ』

「拳銃を用意できませんか」

『……拳銃だとぉ?』

さすがに即答できないようだ。

「やはりここまでのことをされると、いつまでも逃げおおせることはできませんので」

『警察に行って、保護してもらったらどうだ』

「それができればいいのですが、警察は信用できないんです」

『じゃあ、こっちに来い』

「それが、それも安心できないのです」

『昨夜の襲撃だな。俺は断じて他の誰にも言っていない。あそこで落ち合うことは、俺たち二人しか知らなかったはずだ――』

ここで急に快活な笑い声を上げた。

『まあ元気でなによりだった！　元気が一番だ！　久しぶりに話せてよかったよ。なにか困ったらまた連絡してくれよな。じゃあな！』

唐突に通話は終了した。

しかし外村の意図を理解した豊川は、そのまま待った。五分ほどで外村から着信があった。

『待たせたな』

「部屋に盗聴器が？」

『わからんが、昨日お前と話したのもあの部屋だったたし、有線電話だったたからな。いまは駐車場の真ん中でプライベートの携帯電話を使っている』

「ぱっと見、怪しいひとですね」

『まったくだ。ここまでしなきゃならない状況とはな。お前はいったい誰と戦っているんだ』

「わかりません。ただ、連中にとって都合の悪いなにかを知ってしまったようで」

『なんだ、それは』

「それがわかれば苦労はないのですが……」

『どういうことだよ』

「これも、電話で話せることではないので」

しばしの沈黙のあと、外村は言った。

『わかった。そしたら、そうだな――あそこ、覚えているか。あそこで飲んだコーヒー、うまかったよな』

万一、盗聴されていてもわからないように、お互いにしか知らないことで場所を伝えようとしている。

「ああ、あそこですね。もちろん覚えていますよ」

『じゃあ、あの時と同じ時間に待ち合わせよう』

あの時――五年ほど前の冬、都心では珍しく雪の降る夜だった。そこはまだ湾岸エリアの荒れ地で、周囲にはなにもないが、運河を挟んで遠くに見えるお台場の灯りは華やかで別世界のようだった。

ある自衛隊員の不祥事を調査するために張り込んでいたが、かじかんだ指をあたためてくれたのは、暗闇にぽつんと光る自動販売機のコーヒーだった。

しかし外村は冷たいコーヒーを買ってしまい、二人は大笑いした思い出がある。その自販機は撤去されたようだった。

待ち合わせは二十一時だったが、豊川は他に行く当てもないので、夕方には到着していた。そこからぼんやりと夕暮れに飲み込まれる東京の街並みを眺めていた。

オリンピックもあったから風景はすっかり変わってしまっただろうかと思っていたが、変わっていたのは置かれている資材だけで、あとは季節の違いから雑草の生え方が異なっているくらいだった。

外村は約束の時間ぴったりにきた。

「おお、待たせたか」

「ええ、三時間ほどです」

「じゃあたいしたことないな。二日間待機なんてのもあったもんな」

豊川は、そうでしたね、と笑う。

「ちょっと、あっちのほうにいくか」

人気は皆無だが、都道に面したほうはトラックをはじめとした車の往来が多い。暗闇で話す二人の男がヘッドライトに照らされたら、不自然な出来事として誰かの記憶に残ってしまうかもしれない。

五分ほど歩いて運河のほとりまでやってきた。並んで護岸ブロックに腰を下ろす。向かいは工場の資材置き場になっていて、オレンジの光で照らされていた。

外村は、辺りを見渡すと、背中に手を回して拳銃を引っ張り出した。シグザウエルP220という自衛隊の正式拳銃だ。

「ちょいと年季ははいっているが、これで我慢してくれ」

豊川が拳銃を受け取ろうとしたとき、外村はその手を引いた。

「その前に、いったいなにが起こっているのか教えてくれ。お前を追っているのが何者なのか知らなければ助けられない」

「そうですね、わかりました。お話しします」

事の発端はバリ島でのテロにあり、その背後には浸透計画なる組織がいる、その浸透計画は、近々この日本でテロを起こす可能性がある、その計画の一端が内偵していたデイジーラボラトリーから抜き取ったデータにはいっている——。

豊川は、それらのことを簡潔に伝えた。ただティーチャーと宮間の存在についてはぼかした。

外村は、話が進むにつれ驚愕から深く考え込むような表情になった。どこか無念さを感じさせた。

「そうか……なんてことだ」

外村はようやく口を開いた。

「外村さんは、わたしが言うことを信じられるんですか?」

「ああ、お前のことはずっと信用してきたからな。それにしても、なんといえばいいか……。お前は、いま言ったことにどれくらい確証を持っている?」

「データの解析が終わらないとなんともいえませんが、いまのところ私の身の回りに起こったことを論理的に説明できる唯一の可能性です」

「データ解析は誰が?」

「信頼できる友人です。コンピュータには詳しいようなので、そのうちなにかが見えてくると思います」

外村はまたため息をついた。

「この話は他にしたか?」

「もちろんしていません」

「そうか。やれやれ、しかし困ったことになったな。しょうがない」

外村は立ち上がると、銃を差し出してきた。しかし、その銃口は豊川を向いていて、引き金には指がしっかりとかかっていた。

「残念だよ、本当に」

外村は一歩下がった。豊川が格闘戦のスペシャリストであることを理解しているため距離をとったのだ。

実際、もし銃が手の届く範囲にあれば瞬時に銃を奪い、逆に相手に向かって構えることができたのだが、手の内を知ったうえで対応しているぶん、本気なのだとも思った。

「驚かないな?」

豊川は肩をすくめる。

「あらゆる可能性に備え、狼狽《うろた》えるなと教えてくれたのは外村さんですから」

朱梨が言っていたことがずっと気になっていた。ホームレス襲撃犯を撃退した時『組織の者が身柄確保のために向島署に向かったけど、タッチの差で攫《さら》われた』と言っていたのは外村のことではなかったのか。実際、その日の昼間に、河川敷を訪ねてきていた。あの時、宮間が先に来てくれていなければ、豊川は外村と行動をともにしたかもしれない。

それだけ信頼してきたのだが――。

豊川はそっと奥歯を噛み締めた。

「長話をする余裕がなくて悪いが決めて欲しい。ここで撃たれて死ぬか、一緒に来て貰うか」

「一緒に行った先で、どのみち殺されるのでは？」

「ちょっと話を聞きたいだけだ」

「仲間になれと？」

いつもと同じ、快活な笑声を上げた。

「そうなってくれたらいいと思っていたが、お前はならんだろ？」

「よくご存じで。私には政治はわかりませんし、どうして外村さんが敵として目の前で銃を構えているのかもわかりません。ただ私は芽衣の命を奪った者を突き止めたいと思っています。邪魔が入るなら排除します。というわけで、ここで死ねませんし、一緒にも行けません」

外村はすこし寂しそうな顔になった。長年の友と別れなければならない時のように。

「そうか。ま、そうだろうな」

そう言い終わる前に外村は動きはじめていた。上腕二頭筋、手首の筋が緊張し、その力は引き金にかかる人差し指に伝わっていく。映画のようにだらだらと話をして反撃の余地を与えるようなことはせずに、撃つべきなら躊躇なく撃つとはじめから決めていたようでもあった。

スローモーションのように、その力の伝達がはっきりと見えた。銃の反動に備えて肩に力が入る。

豊川は腰に手を回した。

銃声が鳴った。

外村よりも早く、豊川が放った銃弾が外村の尺骨を砕いていた。外村はかろうじて立っていたが、握力が消え失せた指からは銃が地面に落ちた。

「お前……それをどこで」

豊川はゆっくりと立ち上がり、ドイツ製の拳銃、ワルサーP99を外村に向けた。

それは朱梨がコインロッカーに入れていたものだった。

「なぜ、おれに銃を持って来させた」

「ひとつは、銃が欲しいといえば、持っていないと思ってくれる」

「はじめから、俺を疑っていたのか？」

「ギリギリまで信じていたんですけどね。あと、もし銃を用意してくれたら、それは自衛隊の装備品ではないはずですから、シリアルナンバーから出所を探ろうかなと。で」

豊川は、腕を抱え、片膝をついた外村に訊いた。

「聞きたいことは山ほどあります。たとえば浸透計画のこととか。でもどうせ答えては頂けないんですよね？」

「わかっているなら聞くな」

「ではひとつだけ。さっきの私の推察はどうでしたか？　昔のよしみで教えてください。まぁ銃を向けるくらいですから、いい線いっているんだと思いますが」

外村は脂汗が浮いた顔面を引きつらせた。それが痛みによるものなのか、彼なりに笑おうとしたものなのかはわからなかった。

「お前を騙していたのは認めるが、彼女を殺したのは俺たちじゃない」

豊川の眉がぴくりと跳ねる。

「浸透計画じゃない？　じゃあ誰が──」

その瞬間、外村の背中に二発の銃弾が打ち込まれ、豊川は無条件反射的に真横に飛んでいた。すぐ横の地面を銃弾によって巻き上げられた土煙が走り抜ける。

豊川は射撃位置を素早く確認し、安全な場所を探した。護岸工事に使用されるのか、コンクリート製のブロックが並んでおり、そのひとつの陰に飛び込む。

「ミスター豊川！」

太い声が聞こえてきて、豊川は顔を上げた。オレンジの街灯による逆光で顔は見えなかったが、宮間を殺したあの暗殺者だと直感した。

他に四人の男の姿があり、みな銃を持っている。二メートル間隔で一直線に並んでいた。

暗殺者は、まるでアイドルグループのセンターがソロパートを歌うかのように、一歩、二歩と足を踏み出すと、うつ伏せのまま動かない外村の横に立った。それから豊川に視線を向けたまま三度引き金を引いた。外村の体は跳ねるでもなく、米俵のように銃弾を受けた。

豊川は奥歯を嚙んだ。

「さて、あんたが盗んだ運行データを返してほしいんだ」

やはりあのデータにはなにか重要な人物とのつながりが証明できる証拠があるのだ。

「そんなに大事なら、厳重に保管していればよかっただろうが」

コンクリートブロックの陰から叫ぶ。

「いやぁ、ごもっとも。盲点だったよ。あのデータを狙われるとは考えもしなかった。はじめは、なんでそんなデータが必要なのかと思ったが、まさかそうくるとはな。さすがだ、なかなか目の付けどころがいい」

ブロックの横から顔を覗かせると、銃口がすっと豊川を向き躊躇いなく引き金を引いた。豊川の顔のすぐ近くに着弾し、弾けたコンクリートが白い煙となって宙を舞う。

「だが不思議なんだ。あんな大事な情報をなぜ知っていた？　俺たちがどんなミスをしたというんだ？」

豊川は眉根を寄せた。

社長の行動パターンを得ようとしただけだったが、どうやら別のことを言っているような気配を感じた。やはり重要な情報なのだ。

「悪いが、なにを言っているかわからない」

「そう言うと思ったよ」

わからないのは本心だったのだが、そうは思ってくれない。

「まあ、あとでゆっくり話を聞けばいいか」

男たちが扇状に展開した。背後の運河までは二百メートル、走って飛び込むか――いや逃げ切れない。周囲にあるコンクリートブロックを盾にするしかないが、左右に広がったフォーメーションには死角がなかった。

豊川は頭の中でシミュレーションを繰り返すが、導き出される答えは、時間が経てば経つほど不利になるということだけだった。

話を聞きたいと言っていたから、まずは生け捕りにして拷問でもするつもりなのだろう。ならばいきなり急所は狙ってこないはずだ。

殺すつもりで撃つよりも、命に関わらない箇所を狙って生け捕りにするほうが難しい。その揺らぎに賭けるしかなかった。

右に展開した男が撃ってきた。銃弾が肩をかすめるのを肌で感じながら地面をローリングし、応射する。二発。射撃の瞬間は目を閉じる。暗所での視力を守るためだ。

ひとりは倒したが逆側がガラ空きになっていて、豊川が反撃の体勢を取る前に、すでに銃口はこちらを向いていた。予想はしていた。倒すかわりに、足の一本くれてやるくらいの思いだった。

その男が、まるで体にロープでも結びつけられていたかのように、真横に飛んだ。

戦闘中ではあるまじきことだが、豊川は唖然としてしばらく思考が停止していた。

状況がのみ込めないまま地面を転がり、隣のブロックに潜り込む。敵もそれぞれの遮蔽物を見つけて身を隠していたが様子がおかしい。豊川ではなく横方向、つまり運河の先を警戒していたのだ。

狙撃者がいる！

豊川はその姿を確認しようと体を起こしたが、すかさず暗殺者の銃弾が襲ってきた。しかし撃ってきたその男は、その瞬間に頭を撃ち抜かれて崩れ落ちた。

狙撃者は敵ではない――豊川は運河方向に背を向けている、つまり殺そうと思えばいつでもできるはずだからだ。

皆がその場を動けずにこう着状態が続いた。

やがて、遠くにサイレンが聞こえ、それはどんどん近くなってくるのがわかった。その数は一台や二台ではない。

先に動いたのは暗殺者たちだった。威嚇射撃を立て続けにしたかと思うと、もっとも暗がりの深い場所に向かって走った。豊川は銃を構えるが、暗殺者たちはお互いを援護し合うように発砲してくる。統制がとれていて、結局は逃げられてしまった。

だがひとまず危機は脱した。

豊川は運河の対岸に目をやる。コンテナが並ぶだけで人影はない。誰だったのかはわからないが、心当たりはひとりしかなかった。

世話になりっぱなしだなと思いながら、倒れた暗殺者を調べた。日本人のようだが、身分を証明するものは持っていなかった。

銃から弾倉を引き抜き、確認する。豊川が持つものとは異なる銃だったが、使用している9ミリ弾は共通だった。それをジャケットのポケットにねじ込む。さらにもうひとりから、同様に弾倉を抜き取った。そのとき小さなノイズが聞こえた。見るとイヤホンをしている。ケーブルをたどって内ポケットに手を入れると、小型の無線機があった。チャンネルに登録されたボタンを端から押してみると、突然、交信が流れ始めた。警察無線だった。いまはデジタル化されており傍受は難しくなっていると聞いていたが、もし浸透計画が警察内部まで入り込んでいるなら、無線が聞けるくらいは驚くことではないのかもしれない。

無線は台場地区で発生した発砲事件のことを伝えていて、それはまさしくここのことだった。

はやくこの場から立ち去ったほうがいいだろうと思ったとき、不意に豊川の名前が出て足を止めた。

豊川はボリュームを上げた。

『なお、容疑者の豊川亮平においては、警視庁捜査一課の宮間警部を殺害した容疑がかかっている。また先の旧江戸川屋形船爆破においては国税職員二名が犠牲になっている。武器、爆発物、致死性の薬物等を所持している可能性があり――』

どういうことだ！

呆然と立ちすくみながらも、接近する赤色灯に追いやられるように、豊川は走った。まるで形のない巨大な化け物に追われているような思いだった。

東京ゲートブリッジの歩道を通って若洲エリアに渡った豊川は、ひと目を避けるように新木場まで歩き、ビジネスホテルに投宿した。

狭いユニットバスに体を押し込み、シャワーを浴びると少しは落ち着きを取り戻した。

缶ビールを開け、一気に半分ほどを喉に流し込むとスマホのティーチャーアプリを起動した。そして開口一番に言った。

「データの解析はどうなってる！」

返す言葉のないティーチャーに今夜起こったことを捲《まく》し立てた。

外村が浸透計画の一員ではないかとの疑いは持っていたが、芽衣を殺したのは〝我々ではない〟と言っていた。あれはどういうことか。

『そんなことになっていたとは、驚きね』

「やはりあのデータにはなにかある」

『でも、運行データ自体に異常は見当たらないの。友部はほぼ定時出社、定時退社をしていて、そのあとも寄り道もせずに帰宅している。他の役員に関しても、特に怪しい動きはないわ』

豊川は腕組みをして天井を見上げた。

「待て。あいつは『あのデータを狙われるとは』と言っていた。ドライブレコーダーの映像にはなにか映ってないのか」

『それもひととおり解析しているわ。でもまだ不自然なものはないの』

「しかし奴らの口ぶりでは、そのことに気づいたのは、俺たちがデータを抜き取った後のようだった。俺たちがなぜわざわざそんなデータが必要なのかと訝しんで、それで都合の悪いものが入っていたことに気づいた……。あいつらから見れば、はじめからそれを狙ったのだと思えたんだろう。だから『なぜ知っていた』というような言い方になった」

『私たちは社長の動きを知ろうとしていたけど、問題はそこじゃないってことね』

「そういうことだ」

『わかったわ。もう一度調べてみる。あなたのほうは大丈夫なの？　相当まずい状況よね』

「ああ、警官殺しの濡れ衣を着せられている」

電子音声でのやりとりでも、ある程度付き合っているとなんとなく相手の感情がわかってくるのが不思議だった。

ティーチャーは言いづらいことを言わなければならないときの躊躇いを見せた。

『もうひとつ悪いニュースがあるの。台場で射殺死体が四体確認されたけど、それもあなたが犯人ってことになっているわ』

豊川は目頭を指で摘んだ。

「俺が倒したのはひとりだけなんだが……しかし、これからは動きづらくなるな」

『そうね。そのホテルは？』

「もちろん偽名で現金払いだ」

『了解、でも気をつけて。街中にはいたるところに防犯カメラがあるし、ホテルに顔写真付きの手配書が回っている可能性もあるから。大手のホテルなんかは避けたほうがいいかもね』

「いっそのことホームレスに戻るか」

豊川は自虐的に言って通話を終わらせた。

堅いマットレスのベッドに横になり軽く目を閉じるが、外を通り過ぎるパトカーのサイレンや、廊下を歩く客の足音に体が勝手に緊張してしまい、寝付けない。ごく短時間に様々なことが起こっていて、脳の情報処理に混乱が生じているような気持ちだった。特に外村のことはいまでも夢だったのではないかとすら感じる。

そして、やがてはあの暗殺者に回帰する。宮間の仇、かならず復讐を遂げると決意した。

豊川は銃の安全装置を確認し、枕の下に差し込んだ。

そしてわずかであっても、睡眠はとれるうちにとっておこうと足を伸ばした。

まだ戦いが待っているのだから。


早朝にチェックアウトすると、新木場駅から東京駅に向かい、山手線に乗り換えた。一箇所にとどまるのは危険だが、都内を環状に走る山手線ならしばらくは落ち着いて考え事ができる。それにもし尾行する者がいたとしても、半周以上乗り続けるのは不自然だから気づくことができる。

電車に揺られながら豊川はこれまでの事件を整理した。

浸透計画の配下にあると思われるデイジーラボラトリー。その社長の動向を調べるために運行部からデータを抜き出したが、それ以降、敵の攻撃を受けるようになった。それも徐々にエスカレートしていくようだ。

敵がここまで必死なのは我々が決定的な秘密を得てしまったからだと思われる。だがそれがなんなのかがわからない。

これまで一方的に攻められているが、こちらから先手を打つことはできないだろうか。

豊川は何気なくドア上の電光掲示板を見上げた。御徒町駅を出たところだった。そして思いつくことがあり、立ち上がると次の駅で降りた。

秋葉原を訪れたのはずいぶんと久しぶりのことだった。常に変化を続けるこの街は、建物は同じでも、全く違う街に来てしまったのではないかとすら思えた。

しかし裏通りに入れば昔からの店も並んでいて、豊川はほっとする。

ジャンク屋をはしごしながら策を練った。

必要なものを揃え、引き上げようとふと見上げた先にホビーショップが目に入った。エアガンのコーナーには多くの客がおり、意外と女性の姿もあって驚いた。〝サバゲー〟は広い範囲で市民権を得ているようだ。

ショーケースを覗き、ワルサーP99を探す。

「どうですか、手に取られてみますか？」

あまりに熱心に覗き込んでいたせいか、店員が声をかけてきた。

「じゃぁ、そのP99を」

握ってみて、思わずつぶやいた。

「よく出来てるなぁ。本物と変わらない」

もちろん材質の違いで重量感などは異なるが、サイズや形状、握った時のバランスはよく再現できていた。

「まるで本物を知ってるみたいですねー。じゃあ、これにしますか？」

「ああ、これのホルスターをもらうよ。パドルタイプはある？」

「あ、ホルスターっすか」

店員は陳列棚からひとつ選んで差し出した。

プラスチック製で、ズボンのベルトに挟み込んで固定するタイプだ。

いまは腰に差し込んでいるが、大きな動きで落としてしまう可能性もあるし、なにしろ長時間になると痛みも増す。

「袋はどうしますか。五円ですけど」

レジで店員が聞いてくる。

「ああ、袋はいらない。これを捨てておいてもらえる？　すぐ使うから」

そう言って容器からホルスターを取り出すと、それだけ持って後にした。

「えっ？　すぐ使う？」

戸惑う店員を背に店を出ると、エレベーターのなかで本物のワルサーを仕舞ってみる。しっくりきた。これで走ったりしても落とすことはないだろう。

一時間ほどを秋葉原で過ごした後、ふたたび電車に乗って有楽町で降りる。日比谷まで歩くと、とある有名ホテルにチェックインした。

そして部屋に入ると、まずはベッドに身体を投げ出してこれからの算段をたてた。

——深夜二時を回った頃、豊川の部屋のノブが音をたてずに、ゆっくりと回った。ドアがわずかに開き、一筋の細長い光が差し込んだ。それからひとつの影がするりと入るとドアはまた静かに閉まり、ふたたび暗闇に戻った。

影はベッドの横に立つと、いきなり銃を連射した。サイレンサーで消音されているとはいえ、銃口から放たれる光はストロボライトのように輝き、そのくぐもった音は銃弾がベッドに食い込む音と重なり、猛獣の断末魔のようにも聞こえた。

八発撃ったところで異変に気づいたようだ。ベッドライトを点けると、そこには誰も寝ていなかった——。

『これ、生放送?』

ティーチャーが訊く。

「そうだ」

『この男が宮間刑事を殺した犯人?』

「ああ、昨日は台場で俺を襲った集団のリーダーだろう。あの時は拉致しようとしていたが、今回は問答無用の暗殺モードだな」

豊川はホテルの前に止めたレンタカーの中にいた。部屋には秋葉原で購入した隠しカメラを設置しており、その映像がネット経由で豊川のスマートフォンに転送されている。

ほんの一瞬、暗殺者の顔が照らされた。

『うん、キャプチャーした。画像認証システムで検索してみる。それにしてもよく撮れているわね』

キャップを深くかぶっているので人相がはっきりわかるわけではないが、見えている部分——耳や鼻筋、顔の輪郭でわかることもあるだろう。

「一万円もしなかった。すごい時代になったものだ」

『でもホテルに手配が回っているのはともかく、最初に踏み込んできたのが警察じゃなくて暗殺者だなんて』

「まったくだ」

浸透計画の触手は、想像よりもさらに深いところにまで及んでいるのかもしれない。

中継映像の中では、暗殺者が誰かに連絡をとっていた。するとすぐに手下が一人現れた。どうやら豊川がこれから戻ってくる可能性に備え、ひとりを残していくようだ。

暗殺者の横顔を見ていて、豊川にはひっかかることがあった。

その感情はなんだろうと考えているうち、どこかで会ったことがあるような気がしてきた。

懸命に記憶を探る。

なにしろ豊川はここ最近まで人を避けてきた。会話をすることはなくても人と出会うようになったのは十日ほど前にデイジーに就職してからだから、直近の記憶に残る人物は限定される。

　冷や水を浴びせられたような感覚。思わずあっと声をあげていた。

「ティーチャー！　この前に送った映像を見てくれ。運行部のコンピュータを撮影した時のやつだ」

『どうかしたの？』

「運行部を出るときに運転手と出会い頭にぶつかりそうになった。その時の人物と照合してくれ」

　あの時、胸ポケットにスマートフォンを入れて動画撮影をしていたが、それは豊川がメール室に戻るまで続いていた。

　あの時の男の目はいまでも思い出せた。敵対視していると同時に、信じられないといった驚愕の色も見えていた。

　そして、宮間が死ぬ直前に教えてくれた男の特徴とも合致していた。

　すると、その男がロビーから出てくるのが見えた。天を仰ぎ、なにやら悪態をついた。それから路上駐車している車に近づくと運転席側の窓が開き、中にいた人物と言葉を交わした。それから一台後ろに止まっていた車に乗り込み、発進した。

　豊川は路駐車と暗殺者が乗った車のそれぞれのナンバーをティーチャーに読み上げ、距離を保って暗殺者の尾行を開始した。深夜で交通量が少なく、あまり近づきすぎると気取られるため、撤かれても構わないというくらいのスタンスで臨んだ。

すでにナンバーは押さえてある。そのうち、ティーチャーが登録者名を突き止めるはずだ。

『陸運局の記録によると、名義はデイジーラボラトリーになっているわね』

その情報通り、暗殺者が乗る車はデイジーが入居しているオフィスビルの地下駐車場に入っていった。契約者専用入口だったので、それ以上ついていくことはできず、とりあえず路肩に車をとめた。

「やはりデイジーと繋がっている。というより、デイジーが暗殺者たちを囲っているということか?」

『社長が司令塔になっているかどうかはわからないけど、すくなくとも無関係ではないし、潜入や暗殺をはじめとした工作活動の拠点のひとつであることは状況的に間違いないわね』

豊川の胸の内には抑えきれない怒りが湧いてきていた。

「許せんな」

いっそのこと乗り込むか。社内にいるのは確実だからこちらから先手を打ってやる。

『まだ待って。芋づるは芋が繋がっていてこそよ。無理に引っ張ってちぎれたら意味がない』

「なんだ、それ」

『昔、世話になったひとの口癖。こうみえても私は猪突猛進型だったから』

冷静沈着なイメージだったティーチャーだけに、豊川には想像できなかった。

しかし、実際その通りだ。あの暗殺者を襲撃しても、そこで手がかりが切れてしまうかもしれない。ここは歯痒いが冷静にいくべきだろう。

しばらく外を眺め、ひとつ思いついた。

「考えがある」


翌朝、通勤ラッシュの人の流れを街路樹の陰から眺めていた。規則正しく通勤をしてくれるおかげで、すぐにその姿を見つけることができた。

豊川はふらりと街路樹から離れると、横に並んで声をかけた。

「ご無沙汰をしております。あんなにお世話になったのに、いきなり辞めてしまってすいません」

声をかけられた河内は驚いて足を止めてしまい、後ろからくる会社員に追突されそうになった。それから豊川の腕を掴むと、ひとの流れから外れたところに引っ張った。

そして複雑な感情がないまぜになった表情をしばし浮かべ、言った。

「おはよう」

豊川は頭を下げる。

「おはようございます」

「仕事ぶりを見て期待していたんだけどなぁ。あんたならすぐに社員になれると思ったのに」

「すいません」

「ひょっとして、戻りたいと思っているのなら、俺から口をきいてあげてもいいけど、また来なくなったりしちゃったら面目がたたなくなるからな。信頼というのは崩すのは簡単だが積み上げるのは大変だ。そこんところはどうなの？」

社会人一年生のような気持ちになりながら、豊川は周囲を気にするそぶりを見せてから言った。

「実は、ひきこもりというのは嘘です」

河内の片眉がぐいっと大きく上がる。

「ある目的があって御社に紛れこんでいたんです」

「なんだよ……そりゃ」

「詳細は言えませんが、私は社内のコンプライアンスの調査を依頼されているんです」

「コンプラ……？　でもなんで俺にそんなことを言うんだ」

「社内で信頼できる人だからです」

河内はとりあえず話を聞こうと思ったようだ。小さく頷いて先を促した。

「このひとをご存じではないですか？」

例の暗殺者の写真を見せた。

「ああ、真木《まき》さんだろ」

「ええっと、真木さん？」

「そうだよ。社長の専属運転手だ——ああっ、それで運行部に潜り込んだのか？」

「ええっと、そこまで？」

「ちょっとした騒ぎになったよ。あんたが夜中に運行部に立ち入ったのは業務上のことなのかって追求されたんだ。でもこちらとしてはわからない。だから配送ミスに気付いて、回収に行ったんじゃないですか、とは言っておいたけどよ」

ここでじっと豊川を覗き込むような目で見る。

「じつは探ってたってことか」

「すいません。ご迷惑をおかけしました」

河内は、ああ、と鯉のように口を開いた。

「なにか？」

「ほら、前に言ったことがあったでしょ、あんたが社内で噂になっているって」

豊川は頷く。

「あの時、運行部からも問い合わせがあったと言ったが、それが真木さんだった」

「え、このひとが私のことを？」

「ああ、そうだよ。あの時は男好きなのかと思ったけど、ひょっとして探ってたのがバレたんじゃない？」

豊川は眉根を寄せた。

いや、あの時は運行部に書類を届けただけで、怪しまれる行動はとっていないはずだ。それにメール室の人間は普段から出入りしていたはずなのに、真木はなぜ豊川に対しては身元を照会するようなことをしたのか。

「そうかぁ、しかし、いいような悪いようなだな」

河内の声に我に返る。

「あんたが引きこもりじゃなくてよかったけど、うちで働けないのは残念だ」

「ありがとうございます。このことは、どうか内密に」

「ああ、もちろんだ」

「こんど、一杯おごらせてもらいますので」

「おっ、いいねぇ。『今度とお化けは出た試しがない』っていうけど、楽しみにしてるわ」

「いち段落したら、必ず」

振り返り気味に手を振り、ビルに吸い込まれていく河内を見送りながら、世話になったし本当にビールくらいおごってやってもいいだろうと思っていた。なにしろこれまで暗殺者としか呼称のなかった男の名前がわかったのだから。

近くのコインパーキングに戻り、車に乗り込んだときにティーチャーから連絡が入った。

『写真の男、わかったわ』

「こっちもわかった。真木という男で、社長の運転手をしている。つまり、やはり社長は百人衆の暗殺者を社内に抱えている。暗殺組織の日本支部ってところだろう」

言いながら腹の底から熱くドロドロとしたものがこみ上げてくる思いだった。

『真木……なるほど』

「そっちはなにがわかったんだ?」

『同じく写真の男、クライン・ザング。中国名、ゲン・オンシュウ、ヨーロッパを中心に暗躍した暗殺者よ』

「日本人じゃないのか」

『ええ、正確な情報はないけど、おそらく中国情報局の諜報員でしょう。ずいぶんと暗躍してたらしいけど、ヨーロッパで身動きがとれなくなって日本に来たのかもね。日本は欧米に比べたらスパイにとってはバケーション先のように監視がゆるいから』

「そこで、なにかしらの密命を受けている?」

『その可能性はあるわね』

浸透計画の集大成ともいえる何かが計画されている。それを確実に遂行するために、真木と名乗って活動している。豊川はその計画にとっては〝非常に〟邪魔な存在ということなのだろう。

「しかし、そんな情報をどこで?」

『各国のデータベース。CIAとかMI6』

事もなげに言う。

「何者なんだ?」

『真木のこと? それとも社長の友部?』

いやお前のことだと豊川は言いたかった。

「ところで。友部の住所はわかるか?」

『ええ、転送する――でもどうするの』

「直接聞く」

『ええっ……』

その後しばらくの間、無言だった。

バカなことはするな、いまは慎重に行くべきだ、こちらの動きがバレてしまう。

そんな言葉が浴びせられるかと思ったが、ややあって言われた。

『聞くだけですむの?』

懐疑的な声だった。

「行くこと自体は反対しないのか」

『止めたところであなたは行くだろうし、他に手があるわけでもないし、ってね』

ただ宮間を殺した刺客を差し向け、また豊川も暗殺しようとしたのが友部なら、自分を止められるか豊川には自信が無かった。

「あんただって悔しいだろ」

『もちろん。でも、社長に復讐したところでこちらが有利になるかしら』

「情報は吸い出す」

『あなたの理性にまかせるわ』

「なんだ？　まだなにかあるのか？」

ティーチャーは珍しく口ごもった。

「なんだよ。どんな情報でもくれ。あんたとの間で信頼関係が崩れちまったら、もう、どうにもできないぞ？」

『ええ、わかってる。あなたは私の唯一の仲間よ。だからあなたの判断力を捻じ曲げてしまうような、確証のない話はしたくない』

「あんたは俺よりも情報を持っていて、それらを処理する能力に長けている。仲間として信用しているなら話してくれ」

しばらく無言の時間が過ぎ、やがてティーチャーが言った。

『今までの話を総合すると、クライン・ザング……つまり真木は関わっていたんだと思う』

「なににだ？」

『バリ島のテロ……あの日、真木がそこにいたという情報はないけど』

豊川は意外なほど、驚かなかった。ただ一筋の涙がこぼれて、自分でも驚いた。

「なぜそう思う？」

『さっきの話よ。出会い頭に真木と会った時、そのあとすぐにメール室の室長に連絡が入ったのよね？』

「そうだ」

『つまり、それってあなたを知っていたからじゃないかしら』

豊川は息を呑む。様々な事柄がひとつのところに集約されていくような気がした。

『私たちが運行データを抜き取った理由を深読みしたのも、それがあなただったから。ただ単に運行情報が欲しいだけじゃないなんて、特別な人間に対してじゃなければ思わないはず。テロの情報に詳しく、戦闘訓練を受け、アザゼールを壊滅に追い込んだ人物……そんな人物が同じ会社にいたら驚いて行動の意味を探ろうとするに決まっているわ』

豊川は何度も頷いていた。

「俺を見た時の顔……そうか、あれは幽霊でも見たような気持ちだったのかもしれないな」

『でしょうね。テロに巻き込んで殺したと思ったら、現地の組織を壊滅させた。でもあなたは腑抜けになり、ホームレスに身を落として行方不明になった。不良グループと乱闘騒ぎを起こしたのは耳に入っていたでしょうが、まさか目の前に現れるとは思っていなかった』

「あのテロ事件、背後にいたのは真木。ならば、芽衣を殺したのもあいつ……ということだな」

豊川の心の中では確信に変わりつつあった。

バリ島でのテロは中国が背後で計画したもので、陣頭指揮をとったのが百人衆の真木ことクライン・ザング。自分でも驚くほどに腑に落ちていた。

『心配したのはそれよ。怒りにまかせると見落としが出るわよ』

「ああ、アドバイスありがとう。俺は直感に従うだけだ」

豊川は、ぼんやりと窓の外に目をやりながら、冷めた表情で通話を終わらせた。

第三章　ドリフター

デイジーラボラトリー社長、友部の自宅は高円寺駅から徒歩十分ほどの閑静な住宅街にあった。このあたりはマンションよりも戸建が広がるエリアで、時刻が夜十一時を過ぎると人通りは極端に減り、街全体が路地を進む豊川を監視するように、ひっそりと息をひそめていた。

友部宅は、敷地は広いが意外なほど質素だった。築年数も経っているようで、ありきたりな家だった。少なくともＩＴ企業社長宅には見えない。

ティーチャーによれば、友部の年収は三千万円前後あるらしかったが、とてもそのような人間が住む家には思えなかった。両隣の家の方が資産価値は高いだろう。

『なるほどね』

イヤホン越しにティーチャーの声が響く。

『調べてみたけど、ここは奥さんの実家みたいね』

「婿養子ということか？」

『ううん、単に住まいを妻の実家にしているだけのようね。妻の両親はどちらも他界しているけど、長いこと母親の介護をしていたみたい。ここに住んだのはそういう経緯みたいね。それで母親の死後も特に引っ越す理由がなくて住み続けているんじゃないかしら』

「なるほど」

豊川は表札の下に警備会社のステッカーを認めた。

『警備会社をハッキングして通報を無効にできるか？』

『無茶を言わないで』

「冗談だ」

『こんな時によく冗談が言えるわね』

「潜り込むのはそんなに難しくない。問題は出るときだ」

『そうなの？』

「リビングの灯りは点いているからまだ就寝はしていないのだろう。施錠はしてあってもセキュリティは切られている可能性が高い。そしてマンションと違って戸建の入口はひとつじゃないからな」

『恐いわぁ。自衛隊はそんなことも教えるの？』

「テロ犯が民家に立てこもることだってあるからな。備えよ常に、だ」

『で、入れたとして友部をどうする気？』

「それは出たとこ勝負だな」

ティーチャーのため息が聞こえてきそうだった。

『抑えられる?』

いざ友部を目の前にしたとき、自分が衝動を抑え切れるかどうか自信がなかった。芽衣を、そして宮間の命を奪った連中の一人なのだ。もしかしたら浸透計画における日本でのリーダー的な存在なのかもしれない。

無言の豊川にティーチャーが言う。

『信じてるわ』

自分のなにを信じるのだと思いながらも、信じてくれるひとがいることは素直に嬉しかった。まるで世の理《ことわり》にかろうじて繋ぎ止めてくれているようだった。

「音声はオンラインのままにしておく。行ってくる」

ひとこと言うと、豊川は重力から解放された者のような身のこなしで塀を飛び越え、猫のように音もなく着地した。

小さいながらも手入れが行き届いた庭の、ささやかな池の向こうにリビングがあり、ソファーに座っている友部の後ろ姿が見えた。

家族構成は妻と子一人のはずだが友部以外に姿が見えず、ほかに明かりが灯る部屋がないことから家族は既に就寝していると思われた。

身を屈めながら建屋に近寄り、壁に張り付いた豊川はしばらく様子を窺ったが、生活音は聞こえてこない。

リビングの掃き出し窓から再度内部を確認する。ソファーの後方に位置しており、その背もたれの上で友部の後頭部が、コクリコクリと船を漕いでいるのが見えた。リビングと繋がるキッチン側に移動し、窓を軽く押してみるとするりと開いた。戸締りをする前に寝落ちしたようだ。

豊川は身体が入るだけの隙間を開けて滑り込んだ。ダイニングテーブルを回り込んでリビングへ。二メートル先に友部がいる。

ワルサーを抜き、やや薄くなった頭頂部に銃口を押し付けた。その瞬間、しまったと思ったが、もう遅かった。

ソファーの背もたれの死角になって見えなかったが、友部の膝枕で子供が寝ていたのだ。

一旦、身を引くかと思った時、友部が目を覚ました。そして見知らぬ男が銃口を突きつけているのを認識するまでにしばらく時間がかかった。

そして夢ではないことを確信したようだ。眼球が飛び出しそうなくらい目を見開いていたが、それでも叫び声を上げたりはしなかった。

氷のような豊川の目に何を悟ったのか。そこで友部は意外な行動をとった。

銃口から目を逸らさぬままに、ゆっくりと横にずれたのだ。つまり撃たれたとしても子供に被害が及ばぬように。さらに身を捩った子供が目を覚まさないよう背中を優しくさすった。

豊川は心のなかで舌打ちをした。しかしもう後には引けなかった。

「銃を向けられている理由はわかるな」

押し殺した声で訊いた。友部は無言で首を振る。

「お前は、俺の大切なひとの命を奪った。ふたつもだ」

「いったい、なんの……」

友部の目は理解し難い出来事に遭遇し混乱の色を浮かべていた。

「さらにこれから計画されているテロにも関わっている。それは絶対に阻止する」

『ねぇ、堪えて』

ティーチャーが囁くが、豊川は振り払うように首を振る。

芽衣と過ごした日々、黒こげになって絶命した芽衣、そして宮間……。

すまんなティーチャー、やはり自分を制御することはできないようだ。

豊川は引き金にかけた指を引き絞ぼった。実際、あと数グラムの力があれば弾丸が発射されただろう。

しかし、子供の存在が抵抗するかのように指を押し戻していた。

「わ、わたしにはなんのことかわからない」

「とぼけるな!」

つい声を荒らげてしまい、子供が身を捩った。

ふたたび声を押し殺す。

「お前が中国からの支援を受け、工作員を匿《かくま》っているのはわかっている」

スマートフォンで真木の写真を表示させた。友部は眉根を寄せて覗きこみ、すぐに誰なのかを理解したが、それだけに意外に思ったようだ。

「彼は、ただの運転手だ」

「違う」

豊川は、今度はティーチャーから転送されてきた写真を表示する。

「クライン・ザング。かつてヨーロッパで暗躍した暗殺者だ。この男が日本での活動拠点にしているのがデイジーラボラトリーだ。そして……こいつは俺の恋人と恩人の命を奪った」

「待ってくれ、まったく知らない」

「いち研究者でしかなかったあんたがなぜここまで会社を大きくできた？ さらに政府とも太いパイプを築けているのはなぜだ、答えてみろ。中国からの多額の活動資金が流れていることはわかっている」

「確かに資金援助は受けたが、だからといって、テ、テロなんてものに関わったことはない」

「話は他で聞く」

豊川は銃口を横に振って、立て、と示した。友部も子供を巻き込まないためには従うしかないと、ゆっくりと子供を起こさないように立ち上がろうとした。

その時だった。廊下の灯りが点き、妻がふらりと姿を見せた。そして銃を構える侵入者の姿に目を見開いたが、やはり瞬時に子供のことが頭をよぎったようで、叫び声を上げるわけでもなく、ただ立ち尽くした。

「大丈夫だ」

手を掲げながら友部が言った。

「その子を部屋で寝かせてくれ」

妻は事態の把握に努めたが、やはり状況が飲み込めない。ただ子供を安全な場所に移動させることが最も優先されるべき事案だとの考えに行き着いたようだった。

豊川が握っている銃に、あえて目を向けずに子供を抱きかかえると、この修羅場を見せるわけにはいかないとばかり、起こさないように無言で部屋を出て行った。

部屋に行ったところで警察に通報されるかもしれないが、豊川としても子供まで巻き込みたくはなかった。

ただ、早く立ち去った方がいいだろう。

「ありがとう」

友部はそう言うと、ゆっくりと立ち上がった。

豊川は奥歯を嚙む。迷いが生まれていたからだ。友部は本当に黒幕なのだろうかと。

しかし中国、そして暗殺者と繫がっている数々の証拠がある。

遂げるべき復讐を思い出し、友部の背中を銃口で押した。

「あんたの車を使う」

すぐに手配されるだろうが、なるべく距離を稼いでおきたかった。

友部が玄関に置かれていた車のキーに手を伸ばした時だった。

「お待ちください」

振り返ると、妻がそうしなければ倒れてしまうとでもいうように、壁に手を付いて立っていた。

「通報はしていません。主人がなにをしたのか、話を聞かせてください」

豊川は無表情を装っていたが、内心、激しく動揺していた。

通報していないというのは嘘で、警察が到着するまでの時間稼ぎかもしれない。

だが、その目にはゆるぎない決意が見て取れた。一緒に連れて行けとでも言い出しそうな目だった。

それに、金品が目的ではないことに気付いているところに冷静さも感じ取れた。

「主人とは大学で出会ってからずっと一緒にいます」

つまり、友部の行動について多くのことを知っていると言いたいのだろう。

『近くに交番がある。もし通報していたとしたら、警察官の到着まで三分よ』

わかっている、と小さくつぶやいた豊川だったが、自分でも驚くことに、二人をリビングのソファーに座らせた。この場に留まることはリスクでしかないのに後先を深く考えてはいなかった。

そうさせたのは、友部にしろ妻にしろ、抱いていたイメージと違っていたからだ。持っているはずがないと思っていた良心のようなものを感じ取り、豊川は揺り動かされていた。

先に口を開いたのは妻だった。

「少し聞こえました。このひとがだれかを殺したって」

横では友部が首を横に振るが、妻はまっすぐに豊川を見ていた。

「それは、あなたにとって大切なひとだったんですか」

「恋人と恩人だ」

妻は友部を見やった。それからまた豊川に視線を移す。話すごとに冷静さを取り戻していくようだった。

「主人の仕事のせいで生活を奪われたのでしょうか……」

豊川は首を横に振り、誤解を正すべくはっきりと答えた。

「殺し屋にだ。デイジーは中国からの支援を受け発展した。その見返りとして殺し屋を匿っている」

「それは誤解だ。その運転手、真木のことはなにも知らないんだ。車内でも喋らないし、実際にわたしを担当したのは数回だけで、いまは他の者が担当しているし」

「中国から金が流れていることはわかっている。それは会社設立の前からはじまっていた」

「そういわれても心当たりが……」

友部は黙り込んでしまった。

「五百万円でした」

つぶやいたのは妻の方だった。

「なんです？」

「先ほども申した通り、主人とわたしは大学の頃から一緒におります。主人は大学に残り、ひたすら研究を進めていました。わたしも主人の研究を応援するため、仕事を続けました。自身の研究を突き詰めようとする姿に共感したのです。本当に貧乏な生活でした」

「おい、なにを言い出すんだ」

友部は困惑し、ひょっとしたらこの侵入者の機嫌を損ねてしまうのではないかと心配したようだが、妻は昔をなつかしむように、わずかに笑みすら浮かべながら続けた。

「閉店間際のスーパーで値下げされた弁当をひとつ買いまして、それをふたりで分けて食べた日もありましたが、それすら無い日もありました。それでも充実した毎日でした。研究なんて止めてどこかに就職でもしてくれたら楽なのになとも思っていました。子供も授かりましたが、そんな状況では育てられませんから、中絶しました」

ここで豊川を正面から見た。

「そんなとき、研究資金提供の申し出を受けたのです。まずは研究費として三百万と、用途自由の資金、実質的に生活費として二百万です」

「資金提供先はどこでしたか？」

「丸富商事という貿易会社の社長で、成川《なりかわ》さんという方です」

「それまで面識は？」

「ありません。なにかの雑誌で主人のことを知ったとか」

「どういう目的で援助してきたんです？」

「将来性を見込んだのと、あとは税金対策だと笑っておられました。ただ……当時の私たちにとっては、理由はどうでもよかったんです……」

イヤホンにティーチャーが囁いた。

『成川なら情報を持っているわ』

豊川はスマートフォンをテーブルに置くとスピーカーモードにした。

「私の仲間です。ちょっと話を聞いてください。ティーチャー、いいぞ」

『ゆっくり自己紹介する場合じゃないので単刀直入に言いますが、成川義之《よしゆき》という人物は中国共産党と繋がりがあります。彼の仕事は浸透計画の人員を確保すること。浸透計画については聞いたことはあるかしら』

友部夫妻は互いに記憶を確認するように顔を見合わせ、首を捻った。

『日本人として育てた優秀な人材を送り込み、政治や経済の分野での決定に関与させ、日本を実質的に操り、自国の発展に寄与させようという中国の政策です』

友部が全くの誤解だというように身を乗り出した。

「私の研究は日本に特化しています。それはありません。研究成果を論文のかたちで発表することはあっても、いかなる中国の企業とも提携はしていません」

『オッケー。じゃあお金について話しましょうか。はじめは五百万、そのあとも継続して援助はあったのよね？』

「はい、そうですね」

『額も増えていったのよね。たいした結果を出せていないのに、毎年毎年、援助が途絶えるどころか増額されていく。おかしいとは思わなかった？』

「恵まれている、とは思いました。……将来性を買ってもらったのかなと」

「では成功したいま、どんなリターンを与えました？　株式を譲渡するとか、配当を出すとか」

「それも……ありません」

『もう一度聞きます。なんの見返りもなく二十年以上にわたり総額五億円近くの研究資金が提供されています。おかしいと思いません？』

妻が不安げな顔で訊いた。

「わたしたちにはわからない目的があったということですか？　それが、結果的にあなたの大切な人たちを……？」

豊川は、そのことについては否定も肯定もしなかった。

『なにかを求められたことはありませんか？　経営方針に口を出すとか』

「いえ……。ほんとによくしてくれました。起業したあとも、とある大手企業から研究を丸ごと買い取りたいという申し出があったのですが、あなたは研究を突き詰めるべきだ、と言ってくれて、資金やいろんな有力者を紹介してくれたりしました。すごく顔が広いかたでしたから」

『それは、あなたの研究、あるいは会社そのものをある目的で使いたかったから。金に目がくらんでどこかに買収でもされたら都合が悪かったのよ』

妻の夫を見る目が不安げな色を濃くしていた。

「目的って……その、暗殺者……を匿うため？」

「まさか、そんなことは……」

「あなた、ほんとうになにも要求されていないの？」

妻が友部を覗き込んだ。

「そうなんだ、ほんとうに援助してくれるだけで……」

そこで友部がはっと顔を上げた。

「頼まれたといえば……そんなに大したことではなくて」

「それは？」

豊川は身を乗り出した。

「たとえば政治資金パーティーへの出席や献金などです。ご本人は頭数合わせだと仰っていましたが、結果的にこれまでにない人脈を構築することができましたし、我が社の発展に大きな影響を与えました。あとは人材の登用です」

記憶を確かめるように視線を虚空におき、それから言った。

「本業の商社の事業でリストラを進めなければならなくなったが、一方的にクビだなんて言えないと仰っていて。それで十名ほどを受け入れたのです……真木もそのなかのひとりです。みんなよくやっていると聞いていたのですが……」

『隠れ蓑にして送り込んだってわけね』

「しかしそんなことが？　確証はあるのですか？」

『あるわよ』

ティーチャーの声は冷たかった。

『あなたの会社を調べていた私の仲間は瀕死の重傷を負った。そしてその跡を継いだある刑事も暗殺された。それが真木によるものだということは、そこにいる豊川に聞けばいい。現場にいたし、彼自身、なんどか真木に襲われている』

友部は押し黙ったあと、絞り出すように言った。

「さきほど、テロが計画されているというようなことを言われていましたが」

『そう考えているわ。内容まではわからないけど、それは近い。だから連中も焦っている』

「私の会社を温床にしてですか……」

『いざとなれば、あなたの会社を犠牲にしてまでもやり遂げようとするでしょう』

「そんな……。社員たちは……」

『いち研究者を大会社の社長にできるくらいの連中よ。その逆なんて簡単でしょうね。首を吊るのがあなただけですめばいいけど、何人かは道連れになるかもね』

ティーチャーが言うと、本当にそうなってしまうのではないかと思えるほどに背筋が凍る思いがした。

友部がはっと顔を上げた。

「そうだ、何人か政治家を知っています。たしか警察関係者たちとも名刺交換をしたと思うので」

「それは、成川に紹介してもらったひとたちですよね？」

豊川が言うと、友部はふたたび頭を垂れた。

「まさか、そのひとたちも」

「全部がそうとは言い切れないが、成川経由の人脈は浸透計画関係の可能性が高いと思った方がいい」

「じゃあ、私はどうすれば……」

『調べたいことがあるからそこにいる男に協力してほしい。安全なアドレスをつくってまた連絡するわ』

隣に座る妻が手を取り、背中を押されるように友部は頷いた。

「わかりました。ですが家族に危害を与えるような……」

それはお前次第だ。

豊川はその意味を込めた目で見返す。意図は通じたようだった。

『ねえ、社内に信頼できるひとはいる？』

友部は、もうだれを信じて良いかわからないといった様子で顔を顰《しか》めたが、それが豊川に向けられた質問だということに遅れて気づいた。

「ひとりいる。すべてを話したら気絶するかもしれないが、それだけ正直な人だ」

大手町のオープンカフェで、豊川と河内はやけに軽いアルミテーブルを挟んで座っていた。

「ほほう、コンプライアンスの覆面調査か」

河内は神妙でありながら、どこか野次馬根性を感じさせる光を目に浮かべた。

「社長からあんたに協力して欲しいって連絡がきたときはびっくりしたよ」

「室長を見込んでのことです」

「いやぁ、まいったなぁ」

まんざらでもなさそうに頭を掻くと、前のめりになって小声で聞く。

「で、俺はなにをすればいいんだ？」

豊川も声を潜める。

「噂話でもなんでもいいので、このひとたちの評判を調べてほしいんです」

テーブルの上に紙を滑らす。そこには友部が成川から受け入れた社員の名前と現在の所属部署が書かれている。

室長が紙に手を伸ばした時、豊川はそれを押さえた。

「できれば暗記してほしいのですが」

うっかりこの紙を落とされでもしたら調査していることがバレるだけでなく、下手をしたら河内や友部の命も危ない。

「俺も歳だからなぁ。暗記できるかなぁ」

と言いつつも、その頷きには自信が見てとれた。

「まぁ、この半分は知ってるから大丈夫かな。ほかもなんとなくわかる」

「社員を全員覚えているんですか？」

「いやいや。風景で覚えているっていうかさ。どこそこの部署って言われたら、席に座っている面々は思い浮かぶからな。よし、いいぞ」

紙を押し戻してきた。

「あと、あまり深入りしなくても大丈夫ですから」

「ああ、わかった。それとなくやるよ。まかせとけ」

そう言って胸を叩いた。

それからコーヒーが無くなるまでの間、室長の家庭の愚痴を聞いた。

「それではよろしくお願いします。なにかわかりましたら些細なことでもいいので、ご連絡を」

「了解。それじゃな」

室長は手を掲げると背を向けた。それから三歩ほど進んで足を止めた。

「ちょっと、すまん」

「あ、はい？」

「もう一回、紙を見せてくれ。わすれちゃった」

快活に笑ってみせる河内に、豊川はため息をついた。

それから二日間、なんの連絡もなかったので、名前を暗記できなかったのか、それともなんのネタもないのか、そもそもただの会社員をスパイのように扱うことに無理があったのではないかと思い始めたが、三日後になって河内から連絡があった。

いつもと同じオープンカフェの片隅で、コーヒーに口を付ける前に聞いてきた。

「なあ、社長は最近、長期出張とかあったかな？」

「なぜです？」

「運転手がでかいスーツケースを運んでたらしいんだ」

「なるほど。でもどうして？　別に珍しいことではないですよね？」

「いやそれがさ、そのスーツケースを運ぶとき、駐車場に四人集まっていたんだが、全員リストに載っているやつらだよ。前職が同じで仲良しっていうのはわかるけど、いまはみんな別々の部署にいるのに、なんか変だろ?」

「たしかに」

「さらに、ウチの若いやつがカートを押してエレベーターに乗ったとき、先に乗っていたそのスーツケースにぶつかったんだよ。そしたら、リストの中のひとりが胸ぐらを摑んで、殺してやるといわんばかりの形相で詰め寄ったらしい」

「エレベーターに、他にひとはいませんでしたか」

「いや、そいつだけだったようだ。ただ、本来はメール室の者は一般の人のじゃまにならないように貨物用エレベーターを使うことになっているんだが、そのときはつい一般用のエレベーターを使ってしまったらしい。だからウチのは引け目があってあまり言い返せなかったらしい。ほかに人の目がないってことで、そいつもキレちまったのかもしれないけどね」

そうだとしても、一社員に摑みかかるなんて、いくらなんでも異常だ。

「だけどよ、スーツケースなんて飛行機に乗るときに預けたら傷くらいつくだろ? それなのにそこまで怒る必要があるかってよ。おかしいよな? だろ?」

言いたくて仕方がなかったことをはき出してすっきりしたのか、ここでようやくコーヒーに口を付けた。

確かに妙だ。なかによほど大切なものが入っていたのだろうか。軽くぶつけたくらいで怒るのは、連中は細心の取り扱いをしているからだろう。壊れやすい、精密な、代わりのない、そしてとても重要なものなのか……。

河内が得意げな笑みを残して去ったあと、コーヒーを飲み干す前にティーチャーから連絡が入った。

『これを見て』

ティーチャーが写真を転送してきた。車内から撮影されたもので、画面左から車内を覗き込むような仕草の人物が写っている。ぼさぼさの白髪で年齢は七十を超えているだろうか。バッグを襷《たすき》がけにしているため、ジャケットがよれて見すぼらしくも見える。

『このひと知ってる？』

「いや、知らない」

田舎から慣れない都会に出てきた雰囲気の、どこにでもいるような老人だ。

『真木が隠したかったのはこれよ』

「うん？」

『これは真木が運転していた車に付けられていたドライブレコーダーの映像よ。真木はこの人物を乗せたことを知られたくなかった』

「データを消し忘れていたのか？」

ずいぶんと間抜けな話だと思った。

『いえ、真木はこの日のデータを消去していたの。この人物をピックアップしたことを知られたくなかったのね。ＧＰＳデータも消されていて、この日はどこに行ったのかわからないくらい』

「そこまでしていたのに、なぜ?」

『どうやら迎えにいったタイミングがずれていたみたい。どっちかが早く、それとも遅く来たのかはわからないけど、いずれにしろこの人物が待ち合わせの場所に来たとき、真木は車内にはいなかった。老人は車のナンバーは知らされていたんでしょう。車を見つけてドアを開けようとした。そこでドライブレコーダーの駐車監視機能が働いたわけ』

「いたずら防止とか、駐車中の当て逃げに反応するためのやつか」

『そう。そして、その場合は上書き消去されることを防ぐため、衝撃を感知したときと同じ専用のフォルダに記録される』

「真木はその場にいなかったから知らなかったのか」

『そういうこと』

豊川はもういちど写真に目をやり、真木が隠したかったという理由を探ろうとしたが、覇気のない表情からはなにも感じ取れなかった。

「それで、この老人は何者なんだ?」

『槍川正弘《やりかわまさひろ》工学博士。かなりの秀才で、高卒でマサチューセッツ工科大学に留学し論文も多く残しているものの、十年後に帰国してからは、まったく評価されずにフラストレーションが溜まっていたみたい。あちらこちらの協会や同業者と衝突してたようね。結局は日本を離れ、アメリカやドイツの研究機関で長らく働いていたけど、いまはハルビン大学に籍を置いている』

「ハルビンって、まさか」

『ええ、千人計画で中国に召喚されたんでしょうね。そしていまは浸透計画に関与している』

ハルビン大学は、軍民融合を掲げる中国軍と兵器開発で繋がりが深いとされる国防七校のうちのひとつだ。功労者は表彰されることになっている。

ただ槍川がなんの表彰もされないのはそこで研究している内容が表に出せないからということもある。

「博士の研究って、なにを」

『専攻は電子磁気工学ってことになっているけど、どうやらそれを利用した軍事兵器の開発みたいね』

となるとひとつしか思い浮かばない。

「EMP爆弾？」

『おそらくね』

EMPは電磁パルスのことで、コンピュータをはじめとした電子機器に重大な障害をもたらす。これを兵器として使用するという研究は第二次世界大戦後からあった。

高度十キロ以上で核爆発を起こすと大量の電子パルスが広範囲に広がる。人体には影響はなく、衝撃波もないため構造物に対して物理的な影響はない。だがあらゆる電子機器は作動しなくなり、文明は石器時代に戻るとさえ言われている。

水道や電気、交通などのインフラは大打撃を受け、医療も崩壊する。経済は立ち行かなくなり、その地を放棄しなければ、やがては餓死するなど、じわじわと死ぬ運命にある。

そのため、占領するには最適かつ最悪な攻撃と言われている。

「だが、実際に使えるものではない」

結局は弾道ミサイルによる核攻撃であるため、核保有国に対して使用すれば核の報復をうける可能性が高い。つまり自国を破滅させるものでもある。他の核兵器と同じく、持っていても使えないものなのだ。

『その通りよ。しかし、この博士がやろうとしているのは、超小型のＥＭＰデバイス。核爆発なしにＥＭＰを発生させる装置よ』

「超小型？」

『そう。成層圏で核爆発を起こすような大掛かりなことではなく、地上でも使えるようなもの。そうすれば攻撃したのが国であろうがテロ組織であろうが摑むのが難しくなる。つまり報復を受けなくてもすむ』

報復を直ちに受けないのなら、それを使うことに対するハードルは下がる。

どこかのテロ組織がやったことにすれば国家間の戦争には発展しないかもしれない。

バリ島のテロのように……？

「なあ、浸透計画はアザゼールを操ってテロを起こした。その結果なにを得たんだ？」

『インドネシア政府からの依頼で、セキュリティを強化するためのIT基盤、インフラの整備ね。当然、金儲けのためにやったわけじゃない』

「機密情報の吸い上げか？」

『ええ、筒抜けでしょうね。それまでインドネシアのセキュリティシステムは韓国製が多かったけど、あの事件をきっかけに中国製に総入れ替えよ。既存のシステムでは安全は保障されないって根回しをしていたという話もあるし、担当大臣を巻き込んでいたことも考えられる』

「そこまで浸透しているのか」

『インドネシアには開発されていない油田が多くあるし、石炭や天然ガスの埋蔵量も多いと言われている。そういった資源も狙っているんでしょうね。この先にあるのは資源の乗っ取りよ』

「じゃあ、日本ではどうなんだ？　連中は東京を攻撃してなにを得ようとしているんだろうか」

日本のインフラが打撃を受けたとしても、それが中国製に入れ替わるわけはない。重要なものほど慎重に選定するはずだ。

『でも選定するひとたち、大臣などを含めて意思決定機関が既に浸透計画に乗っ取られていたら?』

「だが国民感情は無視できないはずだ。中国製なんて信頼できないと思う人は多いし、アメリカだって難色を示すだろう」

『もっと、大きなことなのかもね』

「大きなこと?」

『たとえば日本政府そのものを乗っ取るとか』

「機が熟した……ということか?」

『ええ、浸透計画のメンバー以外の政治家や官僚にテロの責任をとらせるなどして辞職させ、要職を浸透計画の者で占める。そしたら、日本は実質的に中国領よ』

ＥＭＰひとつでそこまでのことが起きるのだろうかと、豊川は懐疑的ではあったが、これまでのことを考えると何が起こっても不思議ではないのかもしれない。

「その大きさはどれくらいなんだ」

『少し前まで小型と言ってもトラックで運ばないといけないような代物だったけど、博士はそれをさらに小型化したと言われているわ。そうね、大きめのスーツケースくらいかしら』

豊川の心拍数が跳ね上がった。

偶然だろうか。しかし偶然で片付けてはならないほど深刻に思えた。

「ひょっとしたら、それはすでに国内にあるかもしれない」

豊川は河内から聞いたことをティーチャーに話した。

『なんてこと……』

「なあ、小型なら威力は低いのか？」

『もちろん、弾道ミサイルを使うように日本全土を覆えるものではない。地上で使うことを想定しているだろうから』

「ならば、影響を受ける範囲は限定的になるな」

『そうね。もちろん、いくら小型でも上空で作動させれば範囲は広がるけど、航空機はもれなく追跡されている。それに、自分自身も危ない』

「飛行機が制御不能になって墜落するってことか。じゃあ真木はこれをどこで使うつもりなんだ」

『地上で動作させるのであれば範囲が狭い以上、重要施設をピンポイントで狙うということになる。つまり東京のどこか……としかいえない』

「政府の施設か？　それとも証券取引所とか」

『その可能性はあるわね。日本経済は打撃を受けるでしょう。データが消えれば取引記録や個人の資産も吹き飛ぶかもしれない』

どれくらいの効果があるのかはわからないが、東京ならどこで作動させても大きな被害が出そうだった。

反面、日本全体が同時にシャットダウンするのであればともかく、東京の、それも一部ということであれば、復旧もまた早いのではないかとも思える。

真木の目的はなんだ……？

『どうしたの？　なにか腑に落ちないことでも？』

「いや、うまくいえないんだが、奴らの襲撃だ。公安の刑事はひき逃げに見せかけた。俺や宮間さんに対してはナイフや薬物注射といった暗殺方法だったのが、いまは銃器を使用した必死さを感じさせるものになっている。そこまでして我々を止めようとしている」

『ええ、これまで続いてきた長大な計画において重要な攻撃なんでしょう』

「だが、このＥＭＰ爆弾で一部のデータを吹っ飛ばしたとして、奴らの長大な計画にどんな意味があるのだろうか」

『そうね……いまはまだわからないわ。とにかく情報を集めましょう』

豊川はふたたび顔写真に視線を戻す。

「それで、この博士が日本に戻ってきた理由はわかるのか」

『おそらく、ＥＭＰ爆弾の最終組み立てとかじゃないかしら。持ち込めない部品は日本国内で調達する必要があるだろうから』

「博士はいまどこにいるんだ？」

『西新宿にあるスターパースホテルよ』

「行ってみる」

『高級ホテルのスイートルームよ。のこのこ出かけてゲストに会わせてくれるようなところじゃないし、そこにいるのは博士だけじゃないと思うわ』

「だろうな。外から様子を見るだけだ」

『だといいけど。忘れないでね、芋づるよ』


実際、様子を見るだけの日が三日続いた。槍川のそばには常に護衛がおり、接触することが難しかったのだ。

ＥＭＰ爆弾を東京のどこかで使うという計画において重要な人物であり、日本人の魂を金で中国に売った男だ。

その顔を見ているだけで身体が勝手に動きそうだった。

護衛を倒し、槍川の胸ぐらを摑んでどういうつもりなのか吐かせるのが手っ取り早いが、芋づるの話を思い出し、ひたすら監視の任に徹した。

ホテルは三十階から最上階までの十フロアを占めており、その下は居住エリアとオフィス、専門店になっている。

ホテルへの直通エレベーターは他とは分けられており、新宿中央公園側にエントランスがある。

その車寄せの端には常に車が停まっており、朝八時に下りてくる槍川を迎えて、初台インターから中央高速に乗り八王子まで行く。滝山街道沿いの雑居ビルに夕方までこもり、また新宿に戻ってくる。

車はそのまま車寄せに停まり、翌朝また同じことを繰り返す。

槍川は食事をホテル内で済ませているのか、外出することはいまのところない。

その規則性は出張で来たサラリーマンのようでもあった。

ホテルのロビーの向かいにあるコインパーキングにセダンを停めた豊川は、ダッシュボードにカメラをセットし、自身は後部座席に移って足を伸ばした。

これで四日目の夜になる。

冬の雨に濡れながら森の中で二週間を過ごした訓練に比べれば天国のようだったが、一人で見張り続けるには限界がある。

そこで、わずかな仮眠を確保するために、ティーチャーに遠隔で見張ってもらうことにしたのだ。

『ねえ、いい加減、臭いでしょ。部屋を取ってシャワーでも浴びたら？ それか、そのへんにサウナがあるでしょ』

「誰に会うわけでもないし、おれは困らない」

『あー、いやね、ほんとに。遠隔で良かったわ』

「ところで、いつまでコソコソしているんだ。顔くらい見せればいいのに」

この車や現金などを手配してくれているのはティーチャーだった。

いままでは宮間が間に入って受け渡しをしていたが、いまは朱梨に倣って、受け渡しに駅のコインロッカーを利用していた。

『ま、すべてかたづいたらね。それに惚れられても困るし』

「はぁ？　なんだと？」

『あ、ほら来たわよ』

フロントシートの間から双眼鏡で覗く。

車寄せに男がひとりやってきて、運転席の男と入れ替わった。

『二十四時間体制で監視か。交代時間もぴったりね』

ここ数日監視をしていて、豊川には違和感があった。

「なあ、博士はどういう立ち位置なんだろうか。ＶＩＰのようでもあり、囚人のようにも思える」

『一泊二十万以上の部屋よ。チヤホヤして繋ぎ止めようとしているのかしらね』

「てことは逃げる可能性もあって見張っているということか？」

『もしくは、誰か入ってくるのを監視してるとかね』

「入ってくる？」

『知らんけど』

時々、ひとを食ったようなことを言うので、豊川はどう反応していいのか戸惑う。

『まぁ、しばらく見張ってるから仮眠すれば』

「ああ、そうさせてもらう」

豊川は再び後部座席に横向きに座ると、ドアに寄りかかって目を閉じた。

数分の短い間隔で睡眠と覚醒を繰り返した。

芽衣が耳元でささやくような声がして、はっと目を覚ます。

体を捩り、また目を閉じようとした。

『ちょっと！』

ティーチャーの声に脳より先に体が起き上がった。

『なんか様子がおかしい』

見れば黒服の男たちが十人ほど集まっており、頻繁にエントランスを出たり入ったりしている。さらに周囲を見渡し、何人かは左右に散った。

ひとりの男が耳に指を当てた。無線を聞いているようだ。そして、こっちを指さし、一斉に走り出した。

「どういうことだ⁉」

豊川は後部座席からぬるりと外に出ると、背後の草むらに身を隠した。

男たちは片側二車線の中央分離帯を飛び越えると、新宿中央公園に駆け込んでいく。

なにか不測の事態に陥ったようだ。豊川も集団の後を追った。

新宿中央公園は副都心につくられた八・八ヘクタールの広さを持つ長方形の公園で、長辺は五百メートル以上ある。周囲をビルで囲まれているが、木々も多く、深夜となればほの暗い。

つかず離れずの距離で追走していると、背後に気配がして振り向いた。連中の仲間が迫っていた。遅れて追跡を始めた者だろう。仲間に追いつこうとしたら見知らぬ男が混ざっているのに気づいて驚いたようだった。

豊川は急停止し、振り向きざまに足をかけて転倒させるとすかさず後頭部に追い打ちをして意識を奪う。そして男の内ポケットから無線を引っ張りだして追跡を再開した。

飛び交っているのは中国語だったため詳細はわからなかったが『犯人はあの女』と言っているのはわかった。

あの女、と言っているということは、連中が知っている人物なのか?

さらに衝撃的な言葉が耳に入った。

——博士が殺された！

——奪われた！

聞き間違いかと思ったが、状況からそれを疑う理由はなかった。

追うべき人物の姿を見失ったのか、連中の動きが止まった。リーダーらしき男が手分けをするように指示を出し、黒い影が散開した。

豊川は慎重に足を運ぶ。

大きな楠《くすのき》を回り込んだ時、背後を取られた。気配が全く感じられなかった。

「動かないで」

聞き覚えのある声に振り返ると、そこにいたのは朱梨だった。唇に細い人差し指を当てながら油断なく周囲に視線を配っている。

「どうしてここに……」

そしてその答えにたどり着く。

「お前、博士を殺したのか」

「事情はあなたが考えているよりも複雑よ。またゆっくり話すわ。いまは忙しいから」

朱梨の視線が豊川の背後に流れた。

振り返ると、まさに男が飛びかかろうとしているところだった。

豊川は襲いかかってきた男の顔面へ肘を打ち込み、後頭部を両手で抱えて膝で蹴り上げ、最後は身体ごと幹に叩きつけて昏倒させた。五秒ほどの時間だったが、振り返るとすでに朱梨の姿はなかった。


ビジネスホテルに宿をとった豊川が、部屋に入るのを見計らったかのようにティーチャーからコールが入った。

『てことは、その女が博士を殺害して、なにかを奪った？』

「そのようだ」

カーテンの隙間から外を窺う。五階の部屋だが、いざとなれば隣の雑居ビルの屋上に飛び降りられることができることを確認した。

『その女はかつては浸透計画の仲間だったけど、いまは離脱したって言ってたわよね。あなたを助けたこともあった』

「そうだ。それが、槍川博士を殺害してなにかを奪ったらしい」

『テロリストが別のスポンサーを得て寝返ることはよくあるけど……』

「彼女が組織に反旗を翻したのは妹を殺されたからだ。だから俺を助けた」

『危険な考えね』

「なにがだ」

『組織に逆らうのはわかる。だけど民間人を殺しているのよ？　そこにどんな大義があるの？』

豊川がぼんやり視線を向けた先にテレビがあり、一流ホテルで宿泊客が殺害されたことが報じられている。

画面の右上には博士の写真が表示されていた。さらに防犯カメラに博士の部屋を出て廊下を駆け抜ける女の後ろ姿。はっきりとはしていないが、それが朱梨であることは豊川には瞭然としていた。

芽衣とそっくりだったからだ。

「博士は組織と組んでいて、ＥＭＰ爆弾の開発をして東京でテロを起こそうとしていた……。朱梨はそれを止めようとした？　例えば博士にテロを止めるよう説得しようとして襲われ、正当防衛で――」

『とことん楽天家ね。自衛隊ってそんなに甘いの？』

しばらくして、本質を問われた。

『あの女に特別な感情を持っていると見誤るわよ』

正論だった。

あの女は芽衣ではない。それはわかっているが、どうしても姿を重ねてしまう。

『あなたが芽衣さんの影を追ってしまうのはわかるけど、そもそも、彼女も浸透計画の一員だったんでしょう？』

言い返せず、豊川は腹がたった。

「姿を見せず、本当の声も聞かせないお前を信じなきゃならないことと、どんな違いがある。つまり俺のことを信用していないってことじゃないのか」

言って、豊川は後悔した。

それを悟られないように、立て続けに聞く。

「それで……これからどうする」

やや間があった。

『情報をＣＩＡ、ＭＩ６に流す。日本ほど浸透されていないから、握りつぶされることもないでしょう。当局が動けば、警察も無視できない。それから、あなたはしばらく姿を消した方がいい』

「なぜだ」

『いま警察の情報が入った。博士殺害の重要参考人になっているわ。捜査網はもっと厳しくなる』

豊川は天井を仰ぎ見た。

「どうしてそうなる？」

『コインパーキングで連日張り込んでいる怪しげな姿が監視カメラで捉えられている』

思わず舌打ちが出た。

『とりあえず潜伏に必要なものをこれから用意する。いつものコインロッカーでいい？』

「ああ、頼む」

通話を終わらせようとして、豊川はふと思い付いた。

「いつごろ準備できる？」

『え、急ぎ？』

「いや、用意できる時間がわかれば、行動計画を立てやすい。なるべく警察の目をすり抜けたいし」

『わかったわ。じゃあ明日の朝十時前後に用意する』

「頼んだ」

通話を終わらせた豊川は、ベッドに横になってみたが落ち着かなかった。

とても寝られそうに思えなかったが、それでも目を閉じた。今後ゆっくりと目を閉じていられる時間があるか保証はなかったからだ。

人通りが多いJR神田駅構内のコインロッカーは、その半数が埋まっていた。そこは、ティーチャーとの受け渡しに使っているところで、豊川はやや離れたところから見ていた。

ここ二時間の間にロッカーに荷物を預けたのは六名で、それぞれの人物の顔は記憶している。しかしどれも大きなバッグや買い物袋で、ふだんやりとりをする類のものではなかった。

つまり、豊川はティーチャーを待っていたのだった。

彼女の存在を疑っているわけではなかったが、様々なことが渦巻いているいま、不確かなことをひとつでも減らしておきたかったのだ。

九時三十分からの三十分間に、荷物を取り出す人が三人続いたあと、ロッカーに向かうひとりの女が目に留まった。デニムのワンピースを着たすらりとした体形の女性で、肩でそろえた黒髪が横顔を覆っていたが、三十代半ばくらいだと見積もった。

彼女は小さな袋をひとつ下げていて、それを手慣れた様子でロッカーに預けると、今度はスマートフォンを操作した。

それからなにごともなかったかのように歩き去り、ＪＲの改札方面に消えた。その一分後、豊川のスマートフォンが振動した。

ショートメッセージにはロッカー番号と暗証番号が記載されていた。ロッカーに駆け寄り、それらを打ち込むと、まさにあの女が預けたばかりの袋が入っていた。

中には、現金が入った封筒と、車の鍵と停めてある場所のメモ。そして東京都浴場組合の回数券があった。

冗談のつもりか、それとも本当に体臭を気にしているのか。

豊川は自嘲気味に口角をあげながら、足を改札に向けた。

神田駅は京浜東北線と中央線、山手線を捌く三つのプラットフォームがあり、豊川は中央の階段を駆け上った。まさに電車が発車したところだったが、それが通り過ぎた後に隣──中央線の下り線ホームに女の姿があった。

階段を駆け下り、ふたたび駆け上がる。ちょうど電車が入ってきたところで、豊川は女の隣の車両に乗り込み、連結部分から彼女を視界に入れた。

つり革を摑み、ぼんやりと車窓を眺めるその横顔はどこか物憂げに見えた。

共闘しているのにもかかわらず、なぜ姿を見せないのか。その理由はわからない。そして、いまここで聞くこともできない。

御茶ノ水で降り、向かいのホームで総武線に乗り換え、二駅先の飯田橋で降りた。

あとをつけてどうするつもりなんだとずっと自問してきたが、得体の知れない者から一方的に指示をうけることが不安なのだということに行き着く。自衛隊にいた時は常に上官の姿があった。その信頼関係が任務遂行の礎だったのだ。姿が見えないなにかに自身の行動が左右されるのは、まさにバリ島での復讐劇を想起させられた。決して胸を張れることではなかった。テロリストに向かって引き金を引きながら、心では泣いていた。間違いなく自分が選択した上での行動だが、別のなにかに体を乗っ取られたと思うことでかろうじて自我を繋ぎ止めていたのかもしれない。

いまの状況は、それに似ている気がしたのだ。

それとも、ティーチャーという存在を明らかにすることで、行動の責任を転嫁したいのだろうか。

豊川は二十メートルの間隔を保ったまま神楽坂を上った。そして、瀟洒な十三階建てのマンションに入った。エントランスの自動ドアの向こうで郵便受けを確認しているのがわかる。部屋番号は801だった。

豊川は一歩下がってマンションを見上げた。

正体がわかってもなぜか心は晴れない。むしろ裏切ってしまったという罪悪感のほうが大きかった。

ふたたび神楽坂を下りたが、飯田橋駅には向かわずに、お堀沿いを歩いた。木漏れ日を踏んでいると、やがて意識は朱梨に向った。彼女の目的はいったいなんなのか。いったい誰の味方なのか。いや、敵味方などいないアウトサイダーなのかもしれない。

果たして自分は彼女にとって敵なのだろうか、と豊川はしばらくの間、思案した。

ふと顔を上げたとき、警ら中の警官とすれちがった。

しばらくそのまま歩き、高額バイトを紹介する派手なデコレーショントラックに目をやるフリをしてさりげなく背後をうかがうと、あの警察官が無線機でなにやら話しながら十メートルほど後をついてきていた。

ティーチャーは、自分にはいくつか嫌疑がかけられているといっていた。すでに手配書が回っているのだろう。

いま警察官が声をかけてこないのは、おそらく逃走に備えて応援をよんでいるからだ。ものの数分でパトカーが駆けつけるに違いない。

しかもお堀側の歩道を歩いているため、脇道に逃げ込むことができない。

釣り堀が見えてきた。市ヶ谷駅が近い。駅前には交番があったはずで、そこからの応援が来れば挟み撃ちになる。

前方に見えるのは市谷見附交差点で、このまま靖国通りを直進すれば元勤務先である防衛省の施設がある。

その交差点のT字路で、信号はやや変則的な切り替わりをする。

新宿方面から進行すると、交通量の多い靖国通りの本線は直進ではなく、その交差点を右折する。そのため右折信号が長く、また上下線を含めると最大で七車線分の道幅がある。

横断するのは難しいが、追うのもまた難しい。

豊川はタイミングを計った。いまの体調であれば五十メートルを六秒前後で走れるはずだ。

交差点までの距離は十メートルを切った。つまり二秒半で横断できる。

歩道側の信号が点滅を始めた。ひとつ、ふたつ、みっつ……。豊川はアスファルトを蹴った。

点滅信号に気づいて慌てて駆けだしたひと――には決して見えなかった。短距離選手のような大きなストライドと腕の振り。警察官は到底追いつけない。

道の中央で信号は赤になり、右折車が背後を通過した。

豊川はスピードを落としながらもそのまま走り続け、勝手知ったる防衛省の敷地を掠め、牛込方面へ路地を駆け抜けた。

罪悪感からも追いつかれないように。


豊川は毎晩、宿を変えるようにしていたが、昼間の警察官の動きから考えると、緊急手配され、危険度も高くなっているのかもしれなかった。

今日のところは池袋近くの安宿に泊まっているが、今後はティーチャーが用意してくれた車に泊まったほうがいいかもしれないと考えた。

『大丈夫よ。登録はデタラメだから』

車について尋ねると、ティーチャーは事もなげにそう言った。

『だけど、職務質問されたらめんどくさいから、信号無視とかスピード違反みたいなことで捕まらないようにして』

いままでなんとなく丸の内のスーツを着こなしたオフィスレディのようなイメージを持っていたが、会話をしながら想像するのは昼間見たあの女性だ。

『どうかした？』

夫の浮気を疑う妻のような聞き方だった。

「あ、いや。なんでもない」

昼間に市ヶ谷で逃走劇を繰り広げたということは言っていない。なぜそんなところにいたのかと聞かれたら言い訳に困る。

『車が気に入らなかったら、また手配するけど？』

まだ車を確認していないが、特にこだわりはない。

「いや、いまはいい」

『ほかになにか必要なものはある？』

「いまのところまにあってる」

『ほんとに？　準備に時間がかかるものもあるから、なにかあったら早めに言ってね。

とりあえず現金だけでもいまのうちに用意したほうがいいわね』

どこか様子がおかしかった。焦っているような印象だった。

「おい、どうしたんだ？　なんかあるのか？」

やや間を挟んで、今日、一番話したかったのはこれだというようにティーチャーは言葉を絞り出した。

『実は、ちょっと、こっちもまずいことになっているの』

抑揚のない声だったのでその深刻度は計ることができなかったが、ティーチャーはそういうことをいままで言ったことがなかった。

「どうしたんだ？」

『前に話したけど、ハッキングされているって件、覚えてる？』

「ああ」

『敵も然る者だわ。対策は打ってきたけど、もう時間の問題ね』

「あんたの居場所がバレるってことか？」

『そういうこと』

「あとどれくらいの猶予があるんだ？」

『もう、ないと思う。いつここに踏み込まれてもおかしくない』

「なんで早く言わねぇんだ！」

『敵の解析が予想外に早くて』

計画を潰されまいと様々な手を打ってきた連中だ。ティーチャーへの攻撃も見境がなくなっているのかもしれない。

『でもね、探ってみてわかったわ。連中が使っているのはデイジーが所有するスーパーコンピュータ〝駿河《するが》〟よ』

「なんだと、デイジーの中の浸透計画……真木か」

『真木自身かどうかはわからないけど、駿河は強力ね、ここまで耐えてきたけど』

豊川は鼻息を吐いた。

「すぐに拠点を移ればいいだろう」

『それが、そうもいかないのよ』

「どういうことだ？」

豊川の中ではコンピュータに向かってではなく、昼間に見た女に向かって言っていた。なにかに絶望しているような横顔でありながら、頑固とは違う、確たる意志の強さを見てとれた。

「連中を侮るなと言ったのはあんただろう」

『もちろん、侮ってなどいないわ。打てる対策はありったけ打ってきた。それも突破されつつあるの。もうこれ以上の手はない。それに、もともと、ここまで来られたら終わりだと覚悟していたから』

「なにを訳のわからないことを言っているんだ」

『いろいろ事情があるのよ』

朱梨と同じような言い方に豊川は怒りが沸いた。

「だから、訳がわからんって言ってんだろ！　今すぐそこを出ろ」

『あのね、もう無理なのよ。でもまだ負けたわけじゃない。あなたがいるから。だから残された時間を有効に使いたいの。いまからすべてのデータをクラウドに転送する。そこにアクセスするためのＩＤとパスワードは――』

「やかましい！　お前が逃げないなら俺が行く！」

『あなたまで危険にさらせない。別れて活動していたのはリスクを分散させるためよ。あいつらは鵺《ぬえ》のような存在。立ち向かうためには弱みを見せられない。居場所を固定した私は突き止められたら終わりだけど、あなたは違う。的を絞らせない神出鬼没の〝ドリフター〟。縦横無尽に動き回れるのが相手にとって最大の脅威なの。だから、あなたの行動を縛る存在があってはならない』

「なにをばかな。あのな――」

豊川が言葉を遮ろうとしたとき、ティーチャーが笑い始めた。

女子高生が盛り上がっているときのような、なんの憂いも感じさせないものだった。

「おい、こら。なんなんだ」

『ごめんなさい、なんか悲劇のヒロインを気取って酔ってる自分がおかしくて』

「はあ？」

『すいません……実は、ほんとに酔ってて』

「お前、酒飲んでるのか」

『私だって、たまには飲むわよ』

ここでトーンを落とした。

『でも、いま言ったのは嘘じゃないのよ。あなたはだれからも縛られていないドリフターだからこそ立ち向かえる。その能力は認めてます』

アザゼールを壊滅させたことを言っているのだろうが、復讐の鬼と化していた自分自身に対して忸怩《じくじ》たる思いを抱えており、それをもって能力の査定をしてほしくはなかった。

『じゃ、寝るわ。またあした連絡する』

「ああ、酔っ払ってウザ絡みするのは嫌われるからな」

ティーチャーはまた高らかに笑い、通話は終了した。

ナースのキャラはペコリと頭を下げ、横になる。吹き出しには〝ｚｚｚ〟と表示された。

翌朝、七時ちょうどにメールの着信音が鳴り、豊川を浅い微睡《まどろ》みから呼び戻した。

ヘッドボードに枕を当てがって寝ていたので背中が痛い。大きく伸びをし、体を左右に捻ってからスマートフォンを手に取った。

〝このメッセージが届いている状況は、私はこれ以上先に進めず、勝手ながら後のことをお任せしなければならくなったことを示しています〟

このスマートフォンにメッセージを送って来られるのはティーチャーしかいないのだが、豊川は送信元を何度も確認し、その意味と昨日の奇妙なやりとりが一致することに、思わず『はぁ⁉』っと声を出していた。

嫌な予感が豊川を責め立て、立ち上がらせた。メッセージを読み進める。

――ここまで私が集めた情報を収めたサーバーへのアクセスキーを下記に残しますので、今後の役に立ててください。場合によっては、仲間を増やす必要があるかもしれません。あなたの判断を支持しますが、どうか慎重に。

――直に会ってお伝えしたかったことも多々ありますが、あなたを徹底的に私から切り離すことが、敵対組織に対するもっとも大きな脅威になるということをどうかご理解ください。

――巻き込んでおきながら申し訳ありませんが、わたしの役割はここまでです。

――あなたなら、いまそこにある危機に対応できると信じています。

――さようなら。ありがとう。

何度も読み返し、馬鹿野郎と叫びながら豊川は部屋を飛び出した。

飛び乗ったタクシーで飯田橋のマンションに向かうが、あと五百メートルというところで渋滞にはまりこんでしまい、豊川はそこで降りた。

マンションまで全力で走った。何人かとぶつかり、罵声を背中で聞いた。

マンションは静かだった。ティーチャーの身になにかあり、ひょっとしたら警察が押しかけて騒然としているのではないかとも思っていたが、なにもなければないで、かえって胸騒ぎがした。

意識して呼吸を落ち着かせエントランス前に立ったが、この自動ドアは鍵がないと開かないタイプのようだった。

住人が出勤などで出てくるタイミングで入れ違おうと思い、しばらくその場で待っていると、初老の男がゴミ袋を両手に出てきた。男はマンションの目の前にゴミを置くと、一旦戻り、またゴミ袋を運び出してくる。どうやら管理人のようだ。

豊川はマンションを見上げる。一フロアに五部屋、十三階建てなので六十世帯ほどが入居している計算だ。管理人がすべてのひとの顔を覚えていることはないだろう。

管理人が出てきたタイミングで豊川はドア横に立ち、道を譲るように斜めに立つ。

「ご苦労様です」

朗らかにあいさつをする。

「ああ、どうもすいません。おはようございます」

管理人は疑うことなく、頭を下げながら出て行った。

豊川はエレベーターに乗り込み、八階を目指す。銃の確認をしたくなったが、防犯カメラがあることに気づき、代わりに深呼吸をした。

エレベーターを降りると内廊下がまっすぐに延びていて、８０１号室は突きあたりにあった。

表札はなかった。呼び鈴に伸びかけた手をひっこめ、ドアノブを握る。ゆっくりと回していくと、抵抗なく最後まで回しきれた。

ドアは、その見た目よりも軽い力で開いた。身体を滑り込ませ、後ろ手にドアを閉める。

室内から聞こえる音はなかった。

五メートルほど先に明かり取りのガラスがはめ込まれたドアがあり、その向こうはリビングだろう。

見下ろすと、沓脱《くつぬ》ぎに靴はなく、ひと組のスリッパが左右ばらばらに転がっていた。まるで蹴飛ばされたかのように。

豊川は銃を抜き、靴を履いたまま廊下に足を踏み入れた。

手前にあったふたつのドアを開けてみるとそれぞれトイレとバスルームだったが、やはり違和感があった。生活感が感じられないのだ。どちらも入居間際のように使用感がない。

リビングドアのレバーをゆっくりと押し下げ、そこからはやや乱暴に踏みこんだ。だが、だれもいなかった。

ドアの左手にはキッチンがあり、正面には大きな掃き出し窓、レースのカーテンからは太陽の光が差し込み、背丈ほどのパキラの葉がエアコンの風を受けて揺れていた。

しかし、やはり異様だった。

ソファーやダイニングテーブルなどはなく、そのかわりに中央にベッドが置いてあった。ベッドといっても膝の高さほどのパイプベッドだ。

そのまわりをモニターが囲んでおり、上下二段で計六面あった。床には点滴スタンドが倒れており、漏れた透明の液体が豊川の靴先を濡らしていた。

床を這うケーブルを辿ってウォークインクローゼットを開けると、中にはラックに組まれたコンピュータで埋められていた。しかし、どれも破壊されているようで、ショートしたのか燻《くすぶ》っているものもあった。

いったい、この部屋はなんだ？

ふと冷蔵庫に目をやった。住人がどんな生活をしているのか、冷蔵庫の中身を見ればある程度わかることもある。

冷蔵庫を開けた豊川は目を見張った。点滴袋で埋まっていたのだ。

あらためて部屋を見渡すと、まるで大学かなにかの研究室のようにも思えてきた。空っぽのベッドを見ていると、人体実験でもしていたのではないかとも思えてくる。

ティーチャーはここでなにをやっていたんだ。

ばんっ！

と出し抜けに音がした。咄嗟に銃を構える。ドアが閉まる音だった。なにかを置き、つづいてペタペタという音——スリッパに履き替えたのだ——その音は一旦止まり、パタン……豊川が開けっ放しにしていたバスルームのドアを閉めたのだろう。

リビングドアにはガラスが嵌め込んであるのですぐ横に立って待ち伏せることができない。豊川はキッチンカウンターに身を隠し、タイミングを待った。

ドアが開き、何者かが入室し、足を止めた。その瞬間、豊川はカウンターを飛び出し、銃を突きつけた。が、すぐに引き金から指を離し、銃口を上にそらす。

「ティーチャー！」

女は心臓が止まってしまったかのように、真っ青な顔で胸に手を置いた。

「無事だったか！」

まったく人騒がせな。

怒り半分、安堵半分で大袈裟にため息を吐きながら銃を仕舞う。

「……あなた、誰ですか」

耳にかけていた髪が顔を半分ほど隠していたが、尖った目で豊川を睨みつけながら女は続けた。

「功一郎《こういちろう》さんは？　どこにやったんです」

視線だけでなく、手術用のメスのようになんでも切り裂いてしまいそうな声だった。

「知らない。俺はいま来たばかりだ」

功一郎というのはベッドの主なのだろうと、視線を向けた。その瞬間、女が胸ぐらを摑んできた。

「どこなのよ！」

不意をつかれてよろけた豊川だったが、訓練が染み付いた体は反射的に彼女を投げ飛ばしていた。華奢で、軽い体だった。

戸惑い半分で膝をつく。

「すまん、つい……」

尻をついたまま壁まで下がった女はもう一度言った。

「あなたは、誰？」

その目を見て、豊川はようやくボタンを掛け違えていることに気がついた。

「あなたは、ティーチャーじゃ——ない？」

女は無言で否定している。

「俺は豊川といいます。あなたがコインロッカーに入れていたものを受け取っていました」

女は目を開き、乱れた髪をかきあげる。それから立ち上がろうとするので手を差し出したが、彼女は背後の壁に手をついて自力で立ち上がった。

「あなただったんですか」

しかし警戒は決して解かないと決めたかのような目だった。

「俺はティーチャーと名乗る人物といっしょに行動してきました。それが、気になるメッセージを受けたので心配して駆けつけたんです。実はこれまで一度も会ったことがなかったので、てっきりあなただと誤解していました。それで、ティーチャーとは……誰なんですか」

「ティーチャーというのは知りませんが、私がコインロッカーに行っていたのは功一郎さんの指示です」

「功一郎……」

もう一度、空っぽのベッドを見た。

「ええ、宮間功一郎さん。私は坂下友梨《さかしたゆり》といいます。幼馴染みなんです。彼が事故で四肢麻痺になってからお世話をしてきました」

「えっ！　なんだって！」

思わず声を張ってしまったからか、坂下は肩をすくめて一歩下がった。

「私は看護師の免許を持ってるので……それで宮間さん――お父様に頼まれて」

「いえいえ、えっと、そうじゃなく」

豊川の頭の中では猛烈な勢いでこれまでの出来事がとぐろを巻いていた。

「ひょっとして宮間さん……功一郎さんは刑事さんでしたか」

「そうです。お父様もです。先日、殉職されましたが……」

なんてことだ。デイジーを捜査していた時に、車ではねられた公安刑事というのは、宮間の息子の功一郎であり、彼がティーチャーだった。

豊川は脱力し、濡れた床に足を取られた。今度は豊川がカウンターによりかかっていなければ崩れ落ちてしまいそうだった。

「功一郎さんは、事故後もやり残した仕事があると言って、個人的に捜査をしていたようです。私からすればなんにしろ生きる目的があることは安心しました。激しい発作に襲われるたびに死にたいと叫び、でも自分ひとりでは自殺すらできないって泣いていましたから。殺してくれって頼まれたことは数え切れません」

坂下は自分のスマートフォンを操作し、写真を見せてきた。

ベッドに横たわるひとりの青年。その横に宮間、反対側に坂下が笑みを浮かべている。ティーチャーこと宮間功一郎は、瘦せてはいるが顔色は悪くなかった。なにしろ目がまだ生きている。おそらく絶望の時期を乗り越え、自分がやるべきことを見つけた頃の写真なのだろう。

坂下はいきさつを話してくれた。

宮間はもともと渋谷区内に受け継いできた土地と屋敷があったが、事故後に売り払い、このマンションに功一郎を住まわせ、自身は知人が経営する安アパートに住んでいたという。

土地を売却したのは活動費用と介護費を捻出するためで、わざわざ離れて暮らしていたのは浸透計画側にティーチャーの存在を隠すためだろう。

「宮間さんは近くに私の分もマンションを用意してくれましたので、一日の大半を一緒にすごしていました。私も独り身なので住み込みでもよかったのですが、プライベートもあったほうがいいでしょう、と仰って」

坂下は宮間の優しさを思い出して表情を弛緩させていたが、すぐに硬直させた。

「それなのに、昨日夕食の準備をしていたら、今日はもういいから帰れって言うんです。そして連絡するまで絶対に来るなって。怒らせてしまったのかと思ったのですが、ひとりになりたいこともあるんだなって。でも胸騒ぎがして来てみたんです」

ティーチャーは自身が襲われることを察知し、豊川や坂下を巻き込みたくなかったのだろう。

「大変……薬が」

床を濡らす液体に気づいた坂下は、冷蔵庫に駆け寄って点滴袋を数え始めた。

「持っていってない……」

「まずい状況ですか？」

「神経を損傷しているので猛烈な発作に襲われることがあります。この薬で発作の抑制をしていたのですが」

「それは命にかかわるものでしょうか」

「ええ。この薬なしに発作が治まることはありませんから、非常に危険です。最悪、呼吸不全で死に至ります」

「発作のタイミングや間隔は？」

「いつ起こるのか、それはわかりません。いったいどこに……」

ティーチャーの殺害が目的ならわざわざ拉致することはない。情報を聞き出し、豊川を抹殺するつもりだろう。

ここまでの覚悟を持ったティーチャーが簡単に口を割るとは思えない。ならばまだ生かされているはずだ。

「必ず、救い出します」

豊川はひとこと言って、点滴袋をひとつ受け取ると、踵を返した。

大手町駅で電車を降りた豊川はデイジー本社に赴き、社長室のドアを開けた。秘書が目を丸くしながら立ち上がる。

「社長に話がある」

「いま会議中です！　アポはあるんですか」

「ない、名前を伝えてもらえばわかる」

「どこの部署の……」

「メール室の豊川だ」

「あのぉ」

探るような秘書に捲し立てる。

「緊急だ。取り次がないならこっちからいくぞ」

単なるメール屋が何の用だといった様子で内線をかけるが、みるみる秘書の顔色が変わっていった。そして受話器を下ろしたのと同時にドアが開いた。

「豊川さん、こちらへ」

リモートで会議をしていたようで、友部はふたことみことコンピュータに向かってしゃべったあと、豊川に向き直った。

茶を出そうとした秘書を断り、ドアを閉める。

「どうしました。なにかあったんですか」

「私の仲間が拉致されました。しかも彼のコンピュータをハッキングし、居場所を突き止めたのはデイジーのスパコンです」

「なんですって……」

友部は息を吞んだ。

「スパコンの管理をしているのは誰ですか」

「比留間《ひるま》という男で、私の大学時代の同期です。起業する時からいっしょにやってきました。根っからの技術者なので経営には関わりたくないと言って、いまはデータセンター長として静岡に詰めています。いまもそこに」

「話せますか」

友部は、すぐに、といってリモート会議システムを立ち上げた。

画面に黒のタートルネックを着た丸顔に、無精ヒゲを浮き立たせた男が映った。

『おや、珍しいですね、社長』

どこかひねくれたような声だったが、おそらく他意はなく普段からそうなのだろう。

豊川を紹介すると、自らは名乗らず、その代わりに、夏場でも厚着をしているのはスーパーコンピュータを冷却するために室温が低いためだと苦笑して見せた。お決まりの挨拶なのかもしれない。

『それで新しい友達といっしょになんの用だい？』

「駿河が悪用されている可能性があるんだ」

『そんなわけないだろ。ハッキングアラートは出ていないぞ』

「違うんだ。駿河がハッキングしているんだ」

そこで豊川に譲った。

「外部のコンピュータにアクセスを試みた形跡はありませんか」

『そりゃあるよ』

比留間はこともなげにいう。

『社長、お友達にどこまで話していいんだ？』

「全部話していい」

『そうか。まず政府系の依頼だ』

各省庁や関係機関にはふだんからハッキングを試みるアクセスが発生している。多くはハッカーの腕試しなどのいたずら目的だが、時にその逆探知を依頼されることがあるという。攻撃者が国家の支援を受けているケースもあるからだ。

こういう場合、新しい技術が短期間で開発され、高度な技術でセキュリティを破ろうとしていることが多い。追跡も困難であるためデイジーのような強力なコンピュータ技術を持つ会社を頼りにすることがあるらしい。

『あとは自動追跡だね。これは駿河にアタックをしかけてきたやつ——無謀にもね——がいたら、自動的に追跡プログラムが走って相手を突き止めるってものだ』

「なるほど。つまり、駿河がハッキングするとしたら——」

『ハッキングじゃねぇし』

比留間が我が子を侮辱されたかのように憮然とする。

「ああ、外部のコンピュータにアクセスするとしたら、政府から依頼されるか、自己防衛的にやるかのふたつで、こちらから仕掛けることはないと」

『そのとおり』

「ちなみに、履歴ってあるんですか」

『あるよ。そのさ、駿河にやられたっていうコンピュータのアドレスはわかるの？』

「えっと、東京都千代田区飯田橋——」

『ちげーわ。ＩＰだよ。わかるんだったらそれで調べられるけど』

「わかりませんが……リストにしてもらうとか」

『おいおい、一日に何件のアタックがあると思っているの。万いくときだってあるんだぞ』

「万……一万件？　そんなに？」

友部は恐縮そうに頷く。

「ちょっと名の知れたシステムに潜り込むのが世界中のハッカーの自慢話にもなるので」

聞けば、駿河は世界でも指折りの性能を持っており、コンピュータの世界で〝SURUGA〟は有名で、各国の専門誌にもたびたび登場しているという。

デイジーは自らハッキングはしないとの説明だったが、ティーチャーは確かにデイジーからの攻撃だったと言った。

それがわかれば拉致犯につながるはずで、得られる情報によってこちらから先制攻撃をしかけることができるはずだ。

おそらく、拉致犯はティーチャーを餌に豊川に連絡をしてくるはずだ。だが後手に回るほどに勝機は薄くなっていく。なんとかデイジー内の浸透計画の連中の情報を探れないだろうか……。

『ちなみに悪用って、具体的になにをしたんだ』

比留間が首を回し、肩を揉みながら聞いた。

「私の友人宅を突き止め、拉致しました」

豊川はそのままを伝えた。友部も同意する。

『ほんとかよ』

深刻さに比留間は眉根を寄せた。腕組みをし、しばらく唸った。

『それはいつの話だ』

「拉致されたのは昨夜から今朝にかけてです」

『駿河からの攻撃があったということだが、それはいつくらいだ?』

「私が本人から聞いたのは三日くらい前のことでしたが、もっと前からかもしれません」

比留間は斜め上に視線を向けた。猛烈なタイピング音が聞こえる。別のモニターを見ているのだろう。

『とりあえず、整合性チェックプログラムを走らせる。ここ一週間で成功した案件に範囲を絞り込めば結果も速く出るだろう』

「ありがとうございます」

豊川は友部と頷き合った。

『ただな、さっきも言った通り、こっちから先にしかけることはない。やられたらやりかえすのが大前提だ』

ならばティーチャーから先にハッキングを試みたのだろうか。

『んー、結果は出たが、特に怪しいのはないな』

「駿河を悪用した者が、痕跡を消すということは？」

『それはないな。履歴を確実に残すのは駿河の基本要件だ。この機能を奪われたら駿河は機能しない』

ならば、どこかに痕跡が残っているはずだ。

「整合性チェックというのはどういうデータなんですか」

『簡単に言うと、一方的にハッキングしていないかどうかのチェックだ』

ティーチャーは確か、攻撃を受けたからこそ調査をし、その結果駿河からのものであることがわかったと言っていたはずだ。

「つまり、対になっているということですよね。先手と後手の」

『そう……まてよ』

比留間はまた猛烈な勢いでタイピングをした。それからモニターを凝視している。

「あの」

豊川が声をかけようとすると、眉間にしわを寄せ、手をかざして『待て・喋るな』というようなジェスチャーをした。

『これ……ええ？　まさか』

目が大きく見開かれ、そして固まった。ややあって口だけがようやく動いた。

「どうしました？」

『一件、ヒットした。先に仕掛けた案件が』

豊川は友部と顔を見合わせる。友部もやはり信じられないと言う表情だった。

『駿河が攻撃相手ではないコンピュータを追跡するのは政府からの依頼案件だけだ。この命令の実行には特別な権限が必要で、実際、リストには不備はなかった。そして自動追跡プログラムは相手からの攻撃がない限り反応しない』

ここでカメラを向いた。まだ納得しきれていないのか、熟考の表情だ。

『駿河はあるコンピュータをハッキングした。しかし相手はすぐに駿河にもアクセスし返した。おそらくこれも自動プログラムだ。俺とおなじくらい腕のいいひとだったんだろう。だから双方の攻撃が記録として残ってしまった。そのために整合性チェックでひっかからなかった』

友部が身を乗り出した。

「いったい誰が命令したんだ」

『ちょっとまて……え』

「どうした」

『IDは、社長になってるぞ』

「ま、待て！　私はしらんぞ！」

『わかっているって。お前じゃない。ま、パスを盗まれたんだろうな』

「そんな馬鹿な」

『なんだよ、ひとがせっかく信じてやっているのに』

比留間はいたずらっぽく笑う。

『命令が発せられた日時によると、俺らは幹部ミーティングに出席している。それと実際に命令を出した端末を割り出しているが社長室じゃないな……本社の30FA12に座っているやつは誰だ。こっちのデータベースでは……運行部の副部長だな』

職場のおばちゃんに詰められる茄子のような男の顔を思い出した。

『ま、でも彼でもないだろうな』

「それはどうしてです？」

豊川は聞いた。

『こういうことができるやつは、わざわざ足がつくようなことはしない。それに彼はITリテラシーがない』

「コンピュータに詳しくないと？」

『ああ、バリバリの文系なんだろ。記録によると、フィッシングテストに毎回引っかかってよく怒られてるな』

社内のIT部門が、フィッシングメール等にひっかからないよう、注意喚起の意味もこめて偽のメールを出すことがあるが、副部長はまんまと引っかかるらしい。

『セキュリティ講座に呼び出しをくらっているし、もし俺が社内情報を狙うなら、こいつのところから仕掛けるな。ザルだ』

ティーチャーはまさに副部長のコンピュータから運行データを盗み出したが、それを見抜いていたのだろうか。

『それと、ハッキングをしかけたやつは、あとで整合性プログラムを走らせている。おそらく記録が残ることを気にして対策をしようと思ったんだろう。しかし相手の腕も良かったことで発見できなかった。首を傾げながらも、誰かに聞くこともできないしな、放置するしかなかったわけだ。それで記録が残ったままになった』

友部が声をかける。

「つまり、結局のところ、犯人はわからないってことか」

『そうだな。だがしかし、いま俺特製の探索プログラムを走らせている』

「なんだ、それは」

『こいつがほかに悪さしていないかだ。いや、悪さっていうか、悪用されたことは事実だからな。すべてのプロセスを精査しなおしている。通常業務も含めて社長権限でなにかされていないかを総浚《そうざら》いだ。パスを盗まれたのがお前で良かったよ。おかげで追いかけやすくなる――ほら出た。ん？』

「今度はなんなんだ？」

『いまスクリーンに出す』

ディスプレイが瞬いて、３Ｄで表現された都市――東京が映し出された。今は衛星画像のような映像だが、ズームインしていくと、建物ひとつひとつのかたちだけでなく、街路樹の葉一枚まで識別できることに豊川は驚きを隠すことができず、ため息にも似た声を漏らしてしまった。これがデイジーの最先端技術か。

この映像が、拡大縮小を繰り返していく。

『これは営業企画部からの要望で演算されたもので、申請名は〝XによるYの最適解について〟だって。なんだこりゃ』

「テストケースじゃないのか」

営業活動において駿河の力をデモンストレーションするためだったり、シミュレーションの申請方法を新入社員に教授するために、こういったテスト案件を作成することがある。もちろんこのような場合は駿河をフルパワーで使うことはできない。

友部はそう豊川に説明したあと、比留間に尋ねた。

「これがどうかしたのか」

『これが指示されたのはいまから二年も前のことだ。はじめは細々と計算させてたようだが、一ヶ月ほど前にお前の権限により優先度が上げられている』

「私はそんなことはしていない」

『だからわかってるって言ってるだろ。ちなみにな、タイトルが違うだけで同様の計算はもっと前からある。駿河が導入される前の、それこそ会社として体を成した頃から。人知れず、いやむしろ目立たないようにな』

「いったい……なにを計算しているんだ」

画面では映像の切り替わりが激しくなり、目で追うのが難しくなっているが、さまざまな角度、尺度で東京を切り取っているのがわかる。また縮小した画面では着色されたエリアがいびつな円を描いていた。

なにかの範囲……。画面の上部に記載されたタイトル――最適解。

突然、豊川は背筋を氷で撫でられたような気がした。

これこそ、浸透計画がデイジーを狙った理由だ。

超高精度のシミュレーション技術、完璧とも言える東京の都市データ。それが欲しかったために、浸透計画はデイジーをずっと支援してきたのだ。

東京に特化し、最適な効果を発揮する――ＥＭＰ爆弾テロのために。

デイジーを飛び出した豊川は、ティーチャーが用意していた車を池袋で受け取ったあと、いまは護国寺近くの公園の駐車場に停めていた。

センターコンソールに置いたスマートフォンを見やりながら、両手はワルサーを包み込んでいる。分解し、オイルを差し、各部品に歪みが生じていないか、何度も動作確認していた。

二時間ほど、豊川はその状態で待っていた――スマートフォンが鳴るのを。

豊川は着信と同時にスマートフォンを掴むと、ひとこと言った。

「豊川だ。取引に応じる」

向こう側で苦笑が聞こえた。

『まだなにも言ってないよ、ミスター豊川』

真木だ。スマートフォンを握る手に力が入る。

「残念ながらこちらに断るという選択肢はない。だから無駄な話はしないだけだ。早く言え、どこに行けばいい」

『まあまあ、急ぎたい気持ちはわかるが、ちょっとはあなたと語らいたいんだ』

「断る。条件を言え」

『やれやれ、せっかちな日本人もいたものだ』

真木のにやけた顔が思い起こされ、豊川は奥歯を噛んだ。

『交換条件は二つ。まず詰田朱梨が槍川博士から奪ったものを持ってくること。次に詰田朱梨本人も連れてくること。ただし、この場合生死は問わない。場所は追ってメッセージする』

「タイムリミットは？」

『それは我々が決めることではないな』

「なんだと」

『宮間功一郎がタイマーそのものだということだ。発作が起きても我々はどうにもできんからな。だからまぁ、早い方がいいだろうね』

豊川は怒りで通話を切った。ふたたび電話がかかってくることもなかったので、真木もこれ以上話すことはなかったのだろう。

豊川は車を降り、自動販売機で缶コーヒーを買うと一気に飲み干した。こんなコーヒーでは脳細胞への刺激はたいしたことがなかったが、それでもないよりはマシだった。ティーチャーを奪還する。

だが間違いなく大勢の刺客たちが待ち構えているはずだ。作戦を練ろうにも豊川には仲間と言える人物がいなかった。

密かに潜入し、一人ずつ倒していくか……。いや、それも難しいだろう。

では朱梨はどうだ。彼女は敵なのか。敵でないにしろ暗殺者でもある。どこまで信じていいのか計りかねた。

老婆が柴犬をつれて公園に入ってきた。草の匂いを懸命に嗅いでいる犬を愛おしそうに見ながら、まるで我が子に語りかけるように話している。

何気なくスマートフォンを眺め、はっとする。

いままで気にしたことがなかったが、壁紙は青空だった。

朱梨にこちらから連絡をとりたくなったらどうするのかと聞いた時に言っていた。

――青空に向かってあたしの名を呼べ。

ふざけたことを言うとその時は思ったが、行き詰まっていたこともあって、思わずつぶやいていた。

「朱梨……聞いているか」

ふと考えて言い直す。

「朱梨……さん」

公園の隅で柴犬と老婆が怪訝な目で豊川を見たが、その表情を崩さぬまま、早足で公園を後にした。

坂下の話では、ティーチャーにいつ発作が起きるかわからないという。そして薬なしではそれを抑えることができず、死に至る可能性がある。

残された時間がわからないということもまた、作戦を難しくさせていた。

スマートフォンが振動した。見ると非通知だった。

通話ボタンをタップし、窺うように耳に当てる。

『お困りのようね』

朱梨だった。

怒濤の勢いで口を衝いて出そうになった言葉を豊川は呑み込んだ。そして低く抑えた声で絞り出した。

「仲間が捕まった」

『そのようね』

「やはり聞いていたんだな。このスマートフォンには盗聴機能が仕組まれていたか」

『見守り機能と考えてほしいわね。個人的にあんたがどうなっても気にしないけど、前にもいったとおり、あたしは妹と約束しちゃったからさ』

でもね、と朱梨は続けた。

『常に聞いているわけじゃないわよ。あたしだって暇じゃないんだから。激しい動きや、破裂音——例えば銃声とか。そんなものを感知したときに通知がくるようになっているの』

「あとは〝呪文〟か」

『そういうこと。ちゃんと〝さん付け〟を覚えていたのね』

豊川は朱梨が敵か味方かを見極めたかった。

「なぜ博士を殺した。博士からいったいなにを奪ったんだ」

『それはここでは言えない』

「なぜだ」

やや間があった。

『それはね、もともとこの携帯電話のシステムを開発したのは、あいつらだからよ』

「この会話も、聞かれている?」

『聞いているかもしれないし、聞いてないかもしれない。だけどリスクはあるわ。なにがトリガーになっているかわからないから』

「じゃあ、どうすればいい。ほかの番号を——」

そこまで言って、意味がないことに気づく。ここで口にする限り盗聴のリスクがある。

ここで話せるのは、聞かれたとしても状況が悪化しないこと——つまり、あいつらがすでに知っている、かつこちらが知っていてもおかしくないことに限られる。

「お前は……あいつらの仲間なんだろ？　なぜ仲違いする？」

『ひとつは妹のことであんたと関わっちゃったからなんだけど、浸透計画にもいろいろあるのよ』

「一枚岩じゃないのか？」

『かつてはそうだったわ。浸透計画は、戦後に端を発した日本占領計画。ただ、その構造にも変化が起きてきているの。急進派の台頭ね』

組織が大きくなれば、違う考えを持つ者が出てきてもおかしくはない。

『何十年かけてでも、気付かれないように侵食を広げていこうとするのが本流だけど、最近は中国の経済力が日本を超えたこともあって、そもそも相手にしなくてもいいという論調もある。それに対して勢いを増しているのが急進派というわけ。騒ぎを起こして政治経済にゆさぶりをかけ、短期間で占領を進めようとしているの』

「真木は、その急進派というわけか」

『そういうこと。私や芽衣、あと、あんたの元上司は本流よ』

外村……。おそらく浸透計画の脅威となり得る日本の諜報機関『別班』の秘密を探るために防衛省に潜り込んでいたのだろう。

「その、本流は急進派をどう思っているんだ」

『まぁ、やっかいな存在よね。これまで積み上げてきたものを壊される可能性があるから』

「しかし、急進派はそうは思っていない？」

『ええ。じっくり構える時期はもう過ぎたと思っている。あとは変化をもたらすきっかけをつくってやればいい、とね』

「つまり過激派……テロってことか」

『そういうこと。でも単に日本国民を殺害することが目的ではなく、日本の主導権を握る、つまり政治的に占領するという認識は本流と同じよ』

「揺さぶって、その隙に利権を？」

『ええ、果ては政権交代まで狙っているかもね。とは言っても、与党にも野党にも浸透しているからどっちでもいいんだけど。まぁ……でもインドネシアの件からみても、インフラの総取りを狙っているのかもね』

豊川は天を仰ぎ見て、体内の毒素を吐き出すように長いため息をついた。

「EMPが首都で炸裂すれば多くの電子機器が壊滅する。そこに自らのシステムを組み込むということか」

『そうすればそこを通る情報は筒抜けになる』

「だが、システムを中国製と入れ替えると言っても、国会や国民が納得するか？」

『だから、その手筈は整っているということじゃないの？』

「すでに国の意思決定にまで浸透計画は及んでいる……」

現実味を増す未曾有の脅威に、豊川はなにをすべきなのか、道が見えてこなかった。

『でも、いまのままならテロは起きない』

「え、どうしてだ」

『あたしが奪ったのは起爆装置だからよ』

「なに？」

『連中が博士を使って開発していたのはスーツケースサイズの小型ＥＭＰ爆弾。それを東京で使おうとしていた。だから起爆装置を奪って連中から金を奪おうとしたのよ。そしたらなに？　あんたのお友達が捕まってその引き替えに持ってこいって？　なんでそんな一銭の得にもならないことをしなきゃならないのよ』

豊川は反論しかけた自分を押しとどめた。どこまでが本当のことなのかがわからなかったからだ。朱梨は聞かれることを見越して嘘を織り混ぜているかもしれない。

ということは……。

豊川はじっくりと時間をかけ、言葉を吟味した。

「俺はあいつらと取引をする。だからその場に来てくれ。芽衣ならきっとそうする」

『妹の名を気安く使わないで。それに、そんなことをしてあたしが行かなかったらどうするのよ』

「その時はその時だ。救えないかもしれない。ティーチャーも危険は覚悟していたはずだ。もちろん、あいつらはどれだけの時間がかかっても潰す」

電話の向こうで、朱梨が冷笑を浮かべたような気がした。

『よく考えて。いまあいつらは起爆装置を持っていない。つまり、取引に応じなければ日本は安全なのよ。そこんところどう思っているのよ』

その通りではあった。

だが……。

「もう一度言うが、俺は取引をしたい」

『あ、そ。まあ頑張ってね。じゃあ』

「まて、あとひとつ聞きたいことがある」

豊川は以前から気になっていたことを尋ね、朱梨は質問の意図を推し量るように、訝しげに答えた。

その回答は意外……いや違和感はあったから、思った通りとも言えた。

「じゃあ、待っているからな」

『好きにすれば』

そこで通話は切れた。

豊川は頭の中でいまの会話を何度も反芻した。状況は依然として暗澹たるものだったが、それでも、暗闇の中に小さく光るものが遠くに見えたような気がした。

第四章　死神

豊川は早朝の霧の中をセダンで走っていた。

緩やかな坂道を上り続けていたが、高度が上がるにつれて霧はますます深くなる。富士山の麓、静岡県の朝霧高原の名のとおりだった。

真木が指定したのは、廃業したキャンプ場だった。

視界は二十メートルあるかどうかというところで、車を運転していないのなら幻想的な風景として愉しめただろう。しかし道がどちらにカーブしているのか直前までわからず、倒木や落石などの障害物が霧の中から湧き出るように現れることもあって、何度か慌てた。

毛無山の山中を貫く林道から脇道に逸れるところで、やはり倒木のように、道の真ん中になんの前触れもなくひとつの人影が霧中から現れた。

五メートルほど手前で停車すると、その人影はゆらりと左側に回り、ドアを開け、助手席に滑り込んだ。まるで換気のために窓を開けたら、入り込んできた霧がとぐろを巻いて人の体を成したようだった。

そのまま無言の時間が過ぎた。豊川がようやく言葉を発するまで実は三十秒ほどしか経っていなかったのだが、実際よりもずいぶんと長く感じられた。

それはこれから非日常的な事態を迎えることにストレスを感じていたからではなく、むしろ安らぎに近い感情に身を置いていたからといったほうがよかった。

「霧が晴れるのをしばらく待つ」

「霧に紛れる作戦もあるんじゃないの。そのほうが勝算がありそうだけど」

朱梨がベタついた空気を眺めながら言った。

「霧を味方にできるのは相手も同じだ」

「あらあら、大した自信だこと」

と朱梨はため息混じりに言って、続けた。

「その前に、こうしてノコノコ人質になるために現れてあげたあたしにお礼の言葉くらいあってもいいんじゃない？」

「人質だなんて思っていない。パートナーだ」

「よくもまぁそんな無粋な顔で歯の浮くようなことが言えるわね」

「顔は関係ないだろう。だが、来てくれて嬉しい、ありがとう」

朱梨は蕁麻疹《じんましん》でも出たかのように首から胸を掻きむしる仕草をしてみせると、わずかに口角を緩めながらバッグからタバコの箱くらいの大きさの物体を取り出した。カーボン素材で開口部があるわけでも文字が記されているわけでもない。手に取ると、想像以上にしっかりとした重みがあった。説明されなければなにに使うものかわからないだろう。

「これが、博士を殺してまで奪ったものか」

朱梨は長いため息をついた。

「その前に、それ、盗聴されてるかもしれないから捨てて」

センターコンソールに置いていたスマートフォンを目で示した。豊川は窓を開け、霧の中に投げた。遠くで小さな衝突音が聞こえた。

「あのね、あたしは殺してなんかいない。そうみせかけただけよ。博士は自殺だった」

「どういうことだ」

「まず、この箱。これは博士が開発した小型EMP爆弾の起爆装置よ。博士は開発はしたものの、それが祖国である日本で使用されることを知って浸透計画の急進派を止めたかった」

朱梨は起爆装置と呼称したこのうえなく物騒なものを、宝石箱でも扱うように両手で包んだ。

「槍川博士は、あたしが芽衣と日本に来たときに、いろいろと世話を焼いてくれた。娘のように接してくれたわ」

つまり十五年くらい前ということになる。

「そのころから博士は浸透計画の一員だったのか」

「そうね。自分の研究に見向きもしない大企業や日本政府に嫌気がさしていたころ、中国科学院が正当な評価をしてくれたって喜んでいたわ。莫大な資金援助がされていたから、あたしたちの面倒をしばらく引き受けたの」

「しかし、自殺って……」

「もし博士が心変わりをしてテロを妨害するようなことをすれば、博士の家族が危険な目に遭う。開発も、家族を人質にとられて強要されたの。自殺も同じよ」

「自殺すら許されなかった……のか」

「ええ。自殺したら家族も後を追うことになる——そう脅されていたの」

「だから、お前が犯人になったのか」

朱梨はため息を深く吐いた。

「博士に呼び出されてホテルの部屋をノックした時、博士は自身に薬物を注射してからドアを開けたの。あたしに止められないようにね。意識がなくなるまでの三分で、残した家族のこと、テロを止めたいということを言い、最後の一分は朦朧としながらひたすら謝っていたわ。誰に対してなのか、何に対してなのかはわからなかったけど」

豊川は小さく首を振り、そして気づく。

「お前に対してかもしれないな、最後に巻き込んでしまったことに」

「そうなのかもね」

起爆装置に目をやる。

「博士の意思を汲んで殺人者を演じ、起爆装置を奪った。そこで真木はティーチャーに狙いを定めて、お前をおびきよせた」

「ていうか、あんたね。あんたの弱点を見抜いたのよ。義理人情に弱いでしょ」

豊川は答えなかったが、朱梨は確信しているようだった。

「国よりも目の前の個人を優先する、そこにつけこんだわけ」

「じゃあお前はなんだ。どうしてここにきた。同じなんじゃないのか」

「あたしは妹のために来ている。もしあんたが妹を傷つけるようなことをしていたら、迷いなく殺しているわ」

朱梨は立てた親指で首を切る仕草をしたあと、その指を下に向けて舌を出した。

豊川は咳払いをし、フロントウインドウの先を見て、それから朱梨に向き直った。

「万が一のために、その起爆装置を壊しておくことはできないのか」

「取引の時に連中は動作確認をするはずよ。壊したことがバレたら意味がない」

「では、いったんはこれを渡すことになる。つまり連中はＥＭＰ爆弾を使える状況になるわけだ」

朱梨は呆れたような笑みを見せた。

「改めて聞くけど、どんな気分？　ティーチャーひとりの命と国民全員の命を天秤に乗せるのは」

嫌な聞き方をする、と豊川は顔を歪めた。

本来なら、たったひとりの命と引き換えに国を危険に晒すわけにはいかない。だが連中との戦いはまだはじまったばかりだ。この場をやり過ごしたとしても、また次の手を打ってくるだろう。その時、ティーチャーを失った自分は、孤立無援の状態で戦えるだろうか。

おそらく無理だ。ひとりでもがいているあいだに潰されるだろう。自分も、国も。

だがティーチャーがいれば、まだ未知の脅威に立ち向かえるはずだ。

「長い目で見て、最も国民を守ることができる選択をしたまでだ」

豊川は答えた。

「で、勝算はあるのよね。銃は？」

「持ってない」

「ええっ？」

「持ってきても、真木に会う前にボディチェックをされて取られるだけだ」

「ああ……これは死ぬかもね」

「そうなったら芽衣に会える」

「逝くならあんたひとりで逝けっての。あたしはまだ死にたくないんだけど？」

朱梨は不愉快極まりないといった口調で言ったが、どこか達観したような表情だった。

「なあ、いまのうちに聞いておきたいんだが」

「なによ」

「芽衣が組織を抜けると言った時、お前はどうしたんだ」

朱梨はふんっと鼻を鳴らした。

「どうしたもこうしたもないわよ。勝手に決めちゃったから」

朱梨はまるで、そこにかさぶたでもあるかのように手の甲を指先で掻いた。それから記憶を呼び出すかのように助手席の窓の外に視線を置いたため、豊川からはその表情は窺い知れなかったが、その声は柔らかかった。

「はじめてよ。なんでもかんでもあたしに意見を聞かないと先に進めなかったのに。それで大喧嘩。そういえば、喧嘩したのもそれが最初で最後だったわね」

懐かしむような余韻の後、視線がふたたび豊川を捉える。

「あたしには、どうにもできなかった」

「芽衣は……命が危険に晒されるのをわかっていたのか?」

「ええ、何人も前例はあるからね。組織を抜けようとして殺されたことが」

「それならなぜ?」

「なぜ? あたしが止めなかったのかってこと?」

「そうだ。無理やりでも組織に留まらせれば死ぬことなんてなかったんだろう?」

「そうよ。だからあたしはね、あんたを騙せばいいじゃないって言った。そうすれば結婚して一緒に住めるんだから」

騙すと言われても豊川には嫌な感情は浮かばなかった。だから、そのままを言った。

「一緒にいられるなら、俺はそれでも良かった」

「ばかにするな」

朱梨が吐き捨てた。

「あの子が愛した男は、簡単に国を裏切るような奴じゃない。不器用でも真摯なところに惹かれたのよ」

豊川はふうっと息を吐き、空気の抜けた人形のようにバックシートに身体を預けた。

もし結婚して一緒に過ごしていたら、どこかのタイミングで芽衣の正体に気づいただろうか。その時、俺はどうしただろう。

豊川はそんなことを考えていたが、芽衣がそばにいてくれること以上に望むことがあるだろうかという結論に帰着する。

「まったくあの子のことになったら見境ないわね、ほんとに」

朱梨が呆れたように言った。

「そうだな。否定はしない」

「そもそも自衛隊を辞めたあんたと一緒にいても意味はないわよ。実際、組織はあんたに見切りをつけて別のターゲットの男とくっつけようとしてたから。でもそれは、あの子が組織を抜けたいと考えるきっかけにもなったの」

「……」

「そうだったのか……。俺は芽衣のためにと思ったが、辞めないほうがよかったのか朱梨は、やっぱりバカね、とため息をついた。

「あの子はあなたを騙すことができなかったのよ。一緒にいても辛かったでしょう。あなたが自衛隊を辞めて騙す必要がなくなった時、一瞬だけど、その間はあの子は幸せだったのよ」

「その一瞬のために、芽衣は……」

「ええ、そうね。でもね、あたしが今日みたいにノコノコ出てきてまで、ついついあんたを助けてしまうのは、そういうところかもしれない。作られた人生ではなく、あの子自身の人生があったということを証明してくれたようでさ」

朱梨の横顔は、自らを嘲笑《あざわら》うようだった。

「疲れていたのよ。ずーっと、詰田芽衣っていう〝ほかの誰か〟を演じてきた。あの子は言ったのよ、あんたとなら本当の自分として生きられるって——。それがたとえ一瞬だったとしても、あの子にとってはかけがえのない価値のあるものだった。かえって自分のわがままに巻き込んでしまうあんたに申し訳ないって、そう言ってたのよ」

——あ、亮平さん！

不意に芽衣の声が頭をよぎった。

それは、豊川が待ち合わせ場所に遅れて来たときのことで、芽衣は駅前の旅行代理店の前でパンフレットを眺めていた。

声をかけると、慌ててそれを戻したが、奥二重の目を細め、一生に一度の願い事をする子供のように身を捩りながら、もう一度それを手に取った。

「仕事でね、旅行雑誌を並べてるときにこの写真が目に入って、それからバリに行くのがずっと夢なの」

それは、朝焼けの湖上に浮かぶウルン・ダヌ・ブラタン寺院で、確かに幻想的な光景だった。

「こういうところに身を置いたら、余計なものがとれていきそうで……」

芽衣は写真の中に意識を潜り込ませるように言った。

「余計なものって？」

「あ、ううん。自分でもよくわからないけど」

華奢な握りこぶしを口元に当て、クスクスと笑う。

「なんだか、こう……そぎ落とされ、磨かれ、そして本当の自分だけが残されて、そのときようやく自分自身と向き合えるって言うか」

「スピリチュアリズムってやつ？」

「そうそう、それかな」

照れを隠すように言って、パンフレットを戻した。

「いつか行ってみたいの。だから嘘でもいいから約束して。一緒に行こうって」

「いいよ、一緒に行こう」

「やった！　じゃあこれから何を食べに行く？」

「バリかぁ、いいかもね」

豊川は腕を組みながら言った。

「あ、インドネシア料理？　このへんにあったかな」

豊川は芽衣の手を取ると、そのまま旅行代理店に入った。

「えっ？　ちょっ、ちょっと」

「残念ながら俺は嘘をつけないんだよ。だから言ってしまったことは実行しないといけないんだ」

そしてそのままツアーに申し込んだ。

「ビジネスクラスじゃなくてごめんな」

「ううん。こんなに早く夢が叶っちゃうと、なんだか怖いな。自分の夢に亮平さんを巻き込んじゃうみたいで――」

芽衣は間違いなく喜んでいたが、どこか隠微な憂いを感じさせる笑みで豊川の肩に寄りかかった――。

「姉として、そこは謝るわ」

芽衣と過ごしたわずかな記憶の再生から、豊川の意識は霧に包まれた車内に戻ってきた。

「謝るな」

豊川は腰を浮かして朱梨に向き直った。

「俺は逆に感謝したい。ほんの一瞬でも彼女といられて幸せだった。そしてこうして助けてくれるお前にも感謝している。俺ひとりではどうにもならなかった」

「ティーチャーの奪還？　それとも芽衣の復讐？」

「両方だ。それともうひとつ、お前を自由にするためでもある」

「はあ？　あたしはひとりでなんとでもなるわよ」

「逃げつづけるんだろう。そうじゃなくて本当の人生をお前に返してやる。それくらいしないと、つり合わないだろ」

朱梨はしばらく豊川を凝視した後、口角を不敵にあげてみせた。

「ふふん。あなたは嘘がつけない人間だから言ったら最後、実行しないといけないんだって、あの子が言ってたわ。ま、期待してないから、せいぜいがんばって」

豊川は頷くと、ギアをドライブに入れた。


さっきよりも視界が開けていた。風が出てきたのか、霧が流れている。

行き違いが難しい道幅の坂道を上る。放置されてしばらく経つのか、整備されていない道は行くほどに荒れ、覆い被さる草木が道幅をさらに狭めていく。

坂を上り切ったところで、不意にライフルを構えた男が立ちふさがるように現れた。

車内を覗き込むと、手を振って先に進めと合図をした。

そのまま進むと、また別の男が現れ、朽ち果てたゲートを銃で示した。

指示に従い、かろうじて『ふれあいキャンプ場』の文字が見える看板の前に車を停める。

左右からまた男が現れ、車を降りろという。

豊川はドアを開け、両手を上げながらゆっくりと外に出た。そして素早く視線を走らせた。

ここには三名の男がいた。ふたりがアメリカ製の拳銃を手にし、ひとりはマシンガンを構えていた。

拳銃を持ったひとりが豊川を車のサイドに押し付け、背中から身体中に手を走らせた。反対側では朱梨が同じようにボディチェックを受けていたが、起爆装置を入れたポケットに手が伸びたところで朱梨と小競り合いになった。

銃が一斉にふたりに向けられた。

「これは真木に直接渡すものだ」

豊川が冷静な声で言うと、ひとりが顎をしゃくった。そのまま歩けということらしい。

「この先の広場にいる」

それだけ言うと、また銃を向けた。豊川は朱梨に頷いて、歩き始めた。

鬱蒼とした木々がトンネルのように頭上を覆う。案内板を蔦《つた》が覆っていて、放置された年月を感じさせた。

視界が開けると広場があり、五十メートルほど先に真木の姿を認めた。焚き火が胸の高さほどに燃え上がっていて、オレンジ色に照らしていた。

真木の背後に控えていた男が耳打ちをし、視線を豊川に向けた。笑みを見せたのがこの距離でもわかった。さらに、こっちへこいよ、と手まで振って見せた。

「ティーチャーの姿が確認されるまでは動くな。すべてはそこからだ」

歩きながら、なるべく唇を動かさないようにして朱梨に言う。

「合図は？」

「騒ぎが起こったらだ」

周囲に目を配る。広場は楕円のかたちをしており、奥行きは百メートル、幅は五十メートルほどだろう。周りは雑木林に囲まれており、敵の姿は確認できない。中央にはメルセデス製のＳＵＶが止まっているが、中には誰もいないようだ。

空に視線を向ける。

霧は晴れつつあったが、山の斜面はまだ白く覆われている。濃度がまばらな霧の塊が絶えず流れてきていて、いつ状況が変わってもおかしくなかった。

「思っていたより早かったな」

残り五メートルほどで真木が言い、豊川は焚き火を挟んで立ち止まる。

「ティーチャーは」

「そう急ぐな。こっちはその気になればこの場でお前たちを撃ち殺し、起爆装置を奪うこともできるんだ。それをしないのは、お前と話したいからだ」

「悪いが別の機会にしてくれ。ティーチャーが助からなければこの取引そのものが無意味だ」

「心配するな、まだ生きている。ただな、その女を連れてのこのこ現れたお前がどんな策略を練っているのか、こちらとしても探りたい。怪しすぎるだろう。なにかを企んでいるに違いない」

「ストレートなやつだな」

真木は火の揺らめきを眺めながら口元を歪ませる。

「リスクマネージメントと言ってくれ。で、なにを企んでいる?」

「俺はティーチャーを取り戻したいだけだ。彼が戻ってくれれば、今回は負けても次は勝てるかもしれないからな」

「なるほどね。だが次があるかな」

「どうだろうな。ただ、お前とはいずれ決着をつけなきゃならん。そうだろ?」

真木の目は吊り上がっていく。まるで社交用の仮面が剝がれおちてしまったように、その人相は、数分前とは全く異なっていた。

「ああ、お前の恋人を殺したのは俺だよ」

豊川は平静を装っていたが、手のひらに爪が食い込むほど拳を握りしめていた。

「やはりお前がアザゼールを操っていたんだな。そして芽衣を殺すように命じた」

真木はなにかに気付いたように、眉を持ち上げた。

「あー、ちょっと誤解があるかもしれんな」

「なにを言っている」

「俺たちは会ったことがある」

「ああ、デイジーの運行部で」

「確かにあれは驚いた。なんでここにいるんだって。だがそれじゃない。もっと前だ」

豊川は目を細め、真木を凝視した。

やがて予想すらしていなかった恐ろしい考えが湧き上がってきた。

――死神。

爆発の直後、豊川は意識が朦朧としていた。そこで死神が芽衣の傍らにしゃがみ込み、まるで魂を抜き取るように手をかざしているのを見た。

脳が作り出した幻と思っていたが、あれは現実だったのかもしれないと。

真木はタバコを咥《くわ》え、焚き火の炎で火を点けた。

「俺はまぁ、アザゼールのアドバイザーみたいなものだった。だからあの日はバリにいたよ。だが俺の目的はあの女を確実に殺すことだった」

吐き出した煙がたき火の炎にあおられ、霧に紛れ込む。それを見送るように空を見上げた真木は、ひと吸いして吸い殻を焚き火に放り込むと言った。

「爆発の直後、生きてたよ、まだ」

真木のそのひと言に激しく揺さぶられたが、豊川は歯を食いしばって耐えていた。しかし目は赤い涙を溢しそうなほど血走っていた。

「だから、あの女の口を塞いで息の根を止めたんだ」

目に映るものが全てぐにゃりと歪んだように見えた。

豊川は俯き、目を閉じた。

あの死神は真木だった。そして芽衣を殺したのだ……。

腹の底から熱くどろっとしたマグマのような殺意が駆け上り、真木に飛びかかって喉元を掻き切れとけしかける。

だが豊川はぐっと拳を握って耐えた。それは、かつて復讐の鬼と化したときの、感情を乗っ取られる感覚に似ていたからだ。

あの時は芽衣の復讐を遂げることがすべてで失うものなどなにひとつなかった。

しかしいまは護らなければならない。ティーチャーだけでなく、朱梨や、今日と同じ明日を望むひとたちすべてを。

呼吸すら止まっていたのか、大きく息を吸い、冷静を装う。

「組織の命に背いたからにはケジメをつける。大義を成し遂げるためには必要なことだ。それはお前も同じだろ」

「違う」

「違うのは大義の捉え方だ。それによって意味は変わる。お前ら日本人はかつて中国を蹂躙した。そうだろ。お前が俺に復讐をしたいと思っているのと同じように、俺も日本人に復讐したい。な？　この議論に答えなんてない。それぞれがそれぞれの信念のもとにやるべきことをやっているだけだ」

鳥の鳴き声がした。風が木々を揺らす音がした。霧が流れ、弱いながらも暖かさを感じさせる太陽が頭上にあった。

そんな平和な風景のなかではもっとも相応しくない会話が交わされていた。

「ティーチャーを返せ」

真木は肩をすくめてみせる。

「起爆装置を見せろ」

豊川がうなずくと、朱梨は胸ポケットから起爆装置を引っ張り出した。

「本物かどうか確かめたい」

「ティーチャーが先だ」

持ち札を数えながら会話を進めていく。カードを出す順番を間違えれば、途端に窮地に陥ってしまうだけに慎重に言葉を選んだ。

もっとも、豊川に残されたカードはあと一枚しかない。

霧だ。霧は晴れるのか……。

豊川は肌に感じる太陽の熱量でそれを測ろうとした。

「呼べ」

真木が言うと、背後の男が短く尖った指笛を鳴らした。その男が向く雑木林の方向からバンが現れた。宅配便業者など使われているもので、十メートルほどの距離まで近づいてから後部を豊川に向けて停車した。そしてドアが開いた。

無造作に、まるで関節が壊れた人形のように横たわる人間がいた。

「おい、ティーチャー！」

豊川はその場で叫ぶが反応がない。

「容体を確認させろ。死体じゃ意味がない」

「それはこっちも同じだ。渡されたのがジャンクだったら意味がない」

豊川は起爆装置を真木に手渡すと、片割れの男が真木の肩越しに受け取り、タブレットを起爆装置に近づけて通信を始めた。

その間、豊川はバンへと走り、ティーチャーの手を取った。死体ではないかと思えるくらい冷たかったが、ティーチャーの目がわずかに開き、豊川を見て弱いながらも驚きの色をみせた。

写真で見たときとは異なり、生気はなく凹んだ目や頬の瘦け方は、まるで彫刻刀で荒削りされた木材のようだった。

それでも端整な顔立ちであることはわかった。男に対しての言葉ではないが、瓜実顔にたとえられるだろう。

豊川は腕を回し、汗で額に張り付いた前髪を後ろに流してやった。

痩せてはいても肩幅の骨格はがっしりとしていて、かつてはスポーツマンだったことを想像させたが、筋肉は衰え生命反応は乏しい。

ただ、豊川を見返すその瞳は宮間からしっかり受け継いだもので間違いはなかった。

「ようやく会えたな。女じゃなかったのが残念だ。お前は出会い系のサクラかってんだ」

苦しそうな表情は変わらなかったが、それでもわずかに動かせる指先で、懸命に握り返してきた。

「帰ろう。オヤジさんから面倒を見るように言われている。坂下のねぇちゃんも待っている」

振り返り、朱梨にうなずく。

真木はタブレットに表示されている検証結果を凝視していた。しばらくすると電子音が鳴り、満足気な顔に変わった。

「よし本物だな。取引は完了だ。そいつを連れて失せろ」

真木がハエを追い払うように手を振る。

朱梨が一歩下がろうとした時、待て、と声がかかった。

「どこにいくんだ、お前は残れ。取引の材料なんだからな」

朱梨に対して憎悪の視線を送る。裏切り者を見る目だ。

豊川は空を見上げる。霧の晴れ方は斑《まだら》で、ここは晴れているが山の斜面はまだ霧が覆っていた。まだ時間がいる。

「そのことなんだがな」

豊川はたき火に両手をかざしながら前に出た。

「この女は手元に置いておきたい」

「おいおい、なにを言いはじめるんだ」

「わかるだろ」

真木は口を歪ませる。

「恋人の代わりになるとでも言うのか」

「慰めにはなるだろ。性格は真逆だが身体は瓜二つだ。それにお前は二人とも奪うつもりか？　ひとりくらい残してくれてもいいだろうが」

真木はしばらくの沈黙のあと、高らかに笑いはじめた。

「もう味見はしたのか」

「まだだ。だが、同じだろうさ」

朱梨の頬に豊川は手を伸ばすが、目にも止まらぬ速さではたかれた。

「ちょ、なにいってんの。バカにすんな！」

「別に減るもんじゃないし、仕事ではあちこちの男と寝てきたんだろ」

人生で一番愉快な話を聞いたとばかりに、真木は膝を打ったりしながら大げさに笑った。大きく息をすると、額の汗を拭う仕草をして言った。

「いやぁ、それはできねぇな」

「今回のこと、黙っててやるぞ。テロをやりたきゃやれ。おれはこの女と海外に飛ぶ」

豊川は茶化したが、真木の表情が無機質なものに変わった。

「いい加減にしろ。なにを企んでいる？」

豊川の態度を明らかに警戒していた。

「この女はやらん。いろいろ聞きたいことがある。そのあとケジメを付けさせる。お前は去れ。今なら目を瞑っててやるが、いつ気が変わるかわからんぞ」

豊川は一歩前に出た。

「企んでいるのはお前だ。俺の格闘能力を警戒している。だから距離を取りたいんだろう。この距離なら、お前が銃を出して狙いを付ける前に俺はお前の喉を掻き切れる。そして銃を奪い、手下も殺す。だから俺が反撃できないほどに離れるのを待っている」

図星だったようだ。真木は頰を強張らせた。

「だったらどうする？　そんなことしなくても、すでにお前にはこの瞬間にも四丁以上のライフルが狙いを付けている。俺には指一本も触れられんだろうな」

隣の男はすでに銃を抜いていた。そして殺意を解放したくてたまらないというように口元がヒクヒクと痙攣していた。

もし豊川が真木を襲えば、手が届くまでに銃弾を二発受けるだろう。

先に銃を持つ男を押さえ込もうとしても、今度は真木が銃を抜いて同様に撃ち込むはずだ。

朱梨を残してこの場を立ち去ろうとしても、三歩下がれば真木にとっては安全圏だ。生かしておく理由がないならそこで撃つだろう。

さらに真木の言葉を信じるなら複数のライフルが豊川を狙っている。万事休す。

そんな言葉が頭をよぎるが、そのとき太陽が背中を照らすのがわかった。霧が晴れたのだ。

いましかない。

――頼むぜ、相棒。

「ライフルが俺を狙っている、か」

豊川は半歩踏み出した。

「奇遇だな」

つま先をたき火の端で燻る針葉樹の薪に寄せる。

「なんだと」

「実は、俺もなんだ」

豊川は焚き火を蹴り上げた。火の粉が盛大に舞った。

隣にいた男は銃を発砲し、放たれた銃弾は豊川の耳元をかすめたが、男はこめかみに風穴を開け、そのまま地面に倒れ込んだ。

真木の反応は早かった。男がなぜ倒れたのか、その理由にこだわることなく横っ飛びで車の背後に逃れる。これまでの修羅場で身に付いた危機回避能力だろう。そのため追い撃ちが二発襲ったが、メルセデスに穴を開けただけだった。

豊川は焚き火を飛び越えて真木を追おうとしたが、地を走り抜ける鋭い土煙に阻まれた。木立から手下たちが一斉に現れ、掃射してくる。文字通り、雨のような勢いで銃弾が襲った。

たまらず豊川は朱梨の腕を引っ張り、ティーチャーを載せたバンの背後に逃げ込んだ。車の下からのぞき込むと、雑木林のあちらこちらから一斉に工作員らしき手下達が飛び出してきていた。走りながら銃を乱射しており、バンはたちまち穴だらけになる。ティーチャーが気になったが、荷台は頑丈なようで内部にまで貫通はしていない。だが強烈な破裂音とともにフロントタイヤが弾け、バンは断末魔のような軋音《あつおん》を上げながら傾いた。

たまらず朱梨が叫ぶ。

「なにが勝算があるよ！」

頭を両手で守りながら豊川を睨む。

「お前を助けただろうが」

「この状況でよく助けたなんてことが言えるわね！　あと一分で蜂の巣よ」

「まぁ、待て」

車体の下から覗きこむと、十名ほどの工作員が一列に並び、撃ちながら近付いてきていた。豊川たちを釘付けにしていることで、勝ち誇ったように薄笑いすら浮かべているのがこの距離からでもわかった。

すると、不意に左から三番目の男が膝から崩れ落ちた。あまりに唐突だったから、両隣の男たちも気付かなかったくらいだった。

二秒後に銃声が鳴り響いてようやく異変に気付いたが、その間にさらに二名が倒れていた。

工作員たちは狙撃者がいる、と慌てて四散するが狙撃地点がわからず右往左往していた。銃声は止むことがなく、工作員たちは次々に倒れていく。

「どういうこと?」

朱梨が唖然としながらつぶやいた。

そこに蜂の大群のような音を鳴らしながら、頭上にドローンが現れた。それは豊川を認識すると、一メートルまで接近し、その場に着陸した。

豊川はドローンを引き寄せ、底に貼り付けられていたワルサーを引き剝がした。

絶句している朱梨の背後に、突然敵が現れたが、豊川は流れるような動きで銃を操作し、〇・五秒のあいだに二発を撃ち込んで排除すると、ティーチャーを確認した。

虚ろな目だったが、被弾しているわけではなさそうだった。

「朱梨! ティーチャーの援護!」

倒した敵の銃を朱梨に渡す。

呼び捨てにすんな、との叫び声を背中で受けながら、豊川は真木の姿を探した。

メルセデスの背後に回り込むが真木の姿はなく、起爆装置も消えていた。

狙撃者によりタイヤを二本パンクさせられていたので、走って逃げたのだろう。

振り返ってみると、広場には工作員たちが死屍累々としていた。まだ生き残りはいるだろうが、木々の陰に隠れているのか、それとも逃走したのかもしれない。いずれにしろ銃声は消え、静かなキャンプ場に戻っていた。

「あいつはどうした、逃がしたのか」

サブマシンガンを胸に抱えた朱梨が駆け寄ってきた。

あたりを見渡し、背後の雑木林に目をやる。

「ああ。起爆装置を持ったままな」

弾倉を確認する。

「俺はやつを追う。あんたはティーチャーを頼む。点滴が車の中にある」

「あたしにとっても、あいつは妹の仇よ」

付いてこようとする勇み足の朱梨に言った。

「まだ残党がいるかもしれない。彼を守ってやってくれ。それにひとりの方が追いやすい」

そして踵を返すと、真木が逃げたと思われる雑木林に飛び込んだ。

林の中はまだ朝の湿った空気を蓄えていて、空気も落ち葉も濡れていた。道があるわけでもなく、真木の後を追えているという確証はなかったが、真木の心理を考えれば、短時間で距離を稼ぎたいはずだ。

豊川は足の感覚に従った。山肌を流れる水のように、谷を抜ける風のように。最もスピードをあげられるルートを駆けた。

視界の隅に痕跡を捉えて立ち止まる。

濡れた腐葉土に足を取られたのだろう。黒い筋が一本、残されていた。目立つものでは決してなかったが、いまの豊川には、白いキャンバスに引かれた黒い線と同じだった。

走っては立ち止まり、耳を澄ませてはまた走る。それを三度繰り返した時だった。

前方に自然とは違う音があった。ざざんっ、ざざんっ。斜面を駆け下りている。

豊川も後を追う。

密集して生える杉の木を、身を捩ってかわしながら可能な限りスピードを落とさないように走る。

前方の枝が揺れているのが見えた。霧の向こうで陰が揺れた。

捉えた――豊川は足に力を込めた。

そのとき空中を光るものが横切り、それがナイフであることに気付くよりも先に身体が回避行動をとった。

立木の陰から現れたのは真木ではなかった。いかにも好戦的な目をした男で、身体をゆらゆらと揺らしているが、右手に持つナイフはピタリと静止している。豊川を狙うコブラのようだった。

よほど自信があるのだろう。実際、あとわずかに反応が遅れていたら、豊川の喉は一文字に裂かれていた。

男は豊川の頬に流れる血を見てさらに興奮しているようだ。

かかってこい、と挑発する。

豊川は深くため息をついた。

「悪いが先を急いでいる。続きは来世で」

豊川は男を撃ち抜くと、真木の追跡を開始した。

斜面を下って日陰にはいると、霧が濃くなった。大木の根を飛び越え、豊川は動きを止めた。

気配を感じたのでない。逃げる真木の気配がなくなったのだ。

——待ち構えている。

姿はまったく見えなかった。

豊川は膝を突き、ワルサーを握った腕をまっすぐに、だが弛緩させたまま、そっと目を閉じた。どうせ見えないのだから。

暗闇を飛ぶコウモリのごとく、耳に意識を集中させた。

視覚情報を絶たれた脳は猛烈な勢いで情報収集を開始した。主には聴覚、そして触覚だ。

呼吸は木々のそれのように浅く、心拍数は急降下する。虫が枝を這う音に耳をすませ、鳥が岩と間違えて肩に留まるほどに、豊川は森と一体化した。

ふと、肌になにかが触れた気がした。物体が移動したときに押し出された空気が伝播したような感覚。そして捉えた。精密に組み上げられた金属部品が、ごくわずかな隙間の中でぶつかり合う、小さな音、だが自然界には存在しない人工物の音だ。

――銃口がこちらを向いている。

豊川は目を閉じたまま、まるで機械のように腕を左にきっちり十五度旋回させて引き金を二度引いた。どちらも木の幹に食い込んだのが音でわかった。すぐ近くで小枝を踏んだ音がして、その音を追うように方向を微調整し、さらに二発。

一発目は葉を二、三枚引き裂いてから斜面に埋もれたのがわかったが、二発目はなにも聞こえなかった。まるで、なにかが弾丸を包み込み、すべての音を吸収してしまったように。

当たったか――。

豊川は目を開ける。そこは静かな森に戻っていた。

しばらく待ってみたが、なんの動きも感じられなかった。

豊川は、真木が〝モード〟を変えたのだと直感した。

つまりやみくもに距離を稼ぐのではなく、隠密に徹して離脱する。そうなると追跡は難しい。

これ以上追っても、真木を捉えられるかどうかはわからなかった。高度な軍事訓練を受けていれば追跡は難しいし、返り討ちにあう可能性もある。

起爆装置を持っているということは、かならず爆破させようとするだろうが、いまはティーチャーを救う必要があった。

豊川がキャンプ場に戻ったとき、バンの荷台には朱梨がいて、ティーチャーに向かって必死に呼びかけていた。

「どうした?」

「苦しそう。意識レベルは辛うじてある程度。呼びかけないと意識を失ってしまう」

「ティーチャー!」

豊川も荷台に上がり、呼びかけた。

薄く開いた瞼の隙間から、眼が豊川を捉える。

「いま助ける。がんばれ」

なにかを伝えようとしていた。苦しそうに、ときおり歯を食いしばりながら、必死で言葉を吐き出そうとしているのがわかった。

豊川は耳を近づける。

「なんだ、言ってくれ」

「……四百……」

続く言葉が聞き取れない。

「四百がどうした？」

「……メ、トル」

「四百メ……トル。四百メートル？」

ティーチャーは必死で頷いている。さらに表情を歪ませたが、それは苦しみからではなかった。

「は……やく……い……け」

自由にならない体で、懸命に伝えようとしている。早く行け、と。

それが宮間の最期の姿と重なって、豊川の心をかき乱した。

「だめよ、これ以上は発作が起こってしまう」

朱梨が止めた。

ティーチャーはぐったりとして、目を閉じた。

「四百メートルって、なんだ？」

ティーチャーがいま伝えなければならないことを考えると、それは真木がやろうとしているテロの現場だろう。しかし、あまりに情報が少ない。

「なんのことだと思う？」

「わからないけど……」

そこまで言って、朱梨が目を見開き、マシンガンを構えた。豊川の背後に狙いを付けている。

豊川はその対象者を認め、銃口にそっと手を添えて下ろさせた。

「待て、あれは味方だ」

長大なライフル銃を両手に抱えている。自然と一体化するために生の草木でカモフラージュされたギリースーツを纏っているため、緑の塊がモコモコと身体を揺らしながら近付いてくるように見える。

目の前まで近付くと、ヘルメットをとった。顔が明らかになるが、やはり迷彩色で顔面を塗っているため素顔はわかりづらい。

「こちらは楢崎二等陸尉だ」

豊川は紹介した。

「あれ、それって」

「そう。外村の部下の」

唖然とする朱梨を示す。

「こっちは詰田朱梨。いちおう……民間人だ」

「民間人の割には銃の構え方がサマになっている」

抑揚のない声で楢崎が言った。

「謎多き女でね、話すと長いのでその話はゆっくりと。そこで楢崎二尉、ティーチャーの搬送を手配してほしい」

楢崎はティーチャーを一瞥すると、重篤であることを瞬時に悟ったのか無線機を取り出して、どこかに連絡を取り始めた。

「ちょっと、どういうことよ」

豊川の袖を引っ張りながら朱梨が聞く。

「正直、あのひとの素姓はわからない。だが助けてもらったのは今回がはじめてじゃない」

朱梨は目を細めて考えていたが、片眉を怪訝そうにあげる。それにつられて特徴的な大きな瞳が豊川を捉えた。

「え？　それって、昨日あたしに聞いたこと？」

「ああ、お台場で援護射撃を受けた。俺はてっきりあんただと思っていたんだが、違和感もあった。射撃が正確すぎた」

「なによ、あたしが下手ってこと？」

「いや、戦闘のなかでの長距離射撃による援護にはいくつか戦略がある。彼の援護はまさに教科書どおりだったよ」

「つまり自衛隊で訓練を受けたと」

「そうだ」

電話で朱梨に、お台場で援護したかと聞いた。すると『知らない』と答えた。その声色は、盗聴を警戒して嘘をついたのではなく、本当に初めて聞いたというものだった。

もし朱梨ではなかったとしたら、他に誰がいるだろうと考えた。陰謀が進行していることを知り、さらに射撃の名手である人物。そして、外村が監視されていると警戒していた人物に行きあたったのだ。

――敵の敵は味方。

楢崎に連絡を取った時、彼はなにも言わなかった。豊川は自分が理解している陰謀、今日の取引、そして援護の必要性を一方的に語ったが、その途中で通話は切れた。だから援護についてなんの保証もなかったが豊川は確信した。肯定も否定も、承諾も拒絶もしない。相槌すら打たない。それが彼の返事だと。豊川も通話の中で名乗っていないし、楢崎の名も一度も呼ばなかった。理解を超えた了解。豊川はそこに賭けたのだった。

そして、楢崎は現れた。朝霧高原に行く道すがら、信号待ちで停まった豊川のセダンの横に迷彩色のバイクがすべりこみ、『毛無山西側、ターゲットから一キロ地点、俯角十五度』とだけ言って走り去った。朱梨と合流したのはその後だ。

満足気に頷く豊川の頬に、いきなり朱梨の拳が食い込んだ。状況を把握する前に、今度はしならせた回し蹴りを腹部に受けてしまい、不覚にもよろけた。

「な、なんだ。まて！」

呼吸を整えながら、押し留めるように両手を突き出す。

「あんた、さっきなんて言った⁉」

「え？　さっき？」

「妹を侮辱してくれたわよね！　あたしはあんたを慰めるために妹のかわりに寝たりしないわよ！　バカにするな！」

「あれは演技だ！　霧が晴れるまでの時間稼ぎだ！　援護射撃してもらうためのな！」

「そんなことわかってるわよ！　でもね、あんたのその顔を見ていたらムカついて仕方がないのよ！　クソが！」

それだけ言い放つと、バンの荷台に跳びのり、ティーチャーの介護に戻った。

「なんだ、もめ事か？」

いつの間にか楢崎が横にいた。

「ああ。女は難しい」

楢崎は、ふん、と鼻をならした。

「まだところどころ霧が深いようでヘリは飛ばせないが、いま地上の医療班が向かっている。下手に動かさないほうがいいだろう。ここで最低限の処置をし、霧が晴れたらヘリで移送する」

「助かった、ありがとう」

また鼻を鳴らした。

「俺の上司があんたを買っていて、俺はその命令に従っている。それだけだ」

豊川はティーチャーをまっすぐに見ている楢崎の横顔に向かって聞いた。

「外村ではない本当の上司？　誰だ。俺を知っているのか？」

楢崎のカモフラージュされた表情筋は全く動かない。

「そのうちわかるさ。それに、いまはそのことをゆっくりと話している時間はないだろ」

顔をしかめた豊川は、首の後ろあたりを摑みながら答えた。

「ああ、連中はＥＭＰ爆弾を東京のどこかで作動させるようだが、場所がわからない」

「時間の猶予は？」

「おそらく真木は手負いだ。それに俺たちにテロ計画が知られていることから、邪魔されないうちに行動を起こそうとするだろう」

「なんの手がかりもないのか？」

「ティーチャーは〝四百メートル〟って言っていたが、それがなにを意味しているかは不明だ」

「それって高度じゃない？」

背後から朱梨が言った。

「高度？　四百メートル上空で爆発させるということか？」

「ええ、博士はこの爆弾を、地上で爆発させるためではなく、低高度で爆発させるべく調整するために日本に来たって言っていた。ある程度の効果は出したいみたい」

「高度四百メートルで爆発させるのはセスナ機やヘリなどの自家用機でも可能だが、EMPの影響で自分も制御不能になり、墜落することになる」

「覚悟の上ってことなのかも」

しかし、身元や機体の残骸などから、テロに中国当局が関与していることが露呈してしまう可能性がある。それはいままで頑なに隠密を貫いてきた連中の意図とは違うはずだ。

「じゃあ影響を受けない高度から爆弾を投下すればいいんじゃない?」

「その高度を飛行する航空機はすべてレーダーで捉えられているし、投下するなら──」

豊川は違和感に気づいた。

「なぜスーツケースなんだ? 投下するならそれに適した形状というものがあるだろう」

立方体の物体は空気抵抗を受けてどこに進路を変えてしまうかわからない。正確に狙うなら流線型でなおかつ制動尾翼も必要だ。

またパラシュートで投下したとしても、風向きによってどこにいくかもわからない。

しばらくして、豊川ははっとする。

「そうか……そういうことか」

思い当たった推測に間違いがないか何度も反芻した。

「なによ、勝手に納得して。なにがそういうことなのよ」

「あとを頼む」

駆け出した豊川に朱梨の金切声が追いかけてくる。

「どこにいくのよ！」

航空機を使わずに高度四百メートルで爆発させる方法、そしてスーツケース型をしている理由がひとつだけあった。

「東京スカイツリーだ！」


焦燥感に襲われる豊川の横を、車内販売のカートが通り過ぎた。すぐ前の客がコーヒーを注文し、売り子と談笑している。

朝霧から東京に戻るために東名高速を使うことも考えたが、渋滞に巻き込まれる可能性があり、新富士駅から新幹線を使うことにした。こだま号しか停車せず、ひかりやのぞみに追い越されるたびに焦ったが、それでもこの状況では最も早い交通手段だった。

ＥＭＰ爆弾がスーツケースを利用しているのは、人混みの中にあって違和感がないからだ。とくにスカイツリーのような観光地であればなおさらだ。

地上四百メートルというと、天望デッキだろう。そこでEMPを作動させればおそらく半径十キロ、軽微な影響まで入れれば新宿や品川などを含む三十キロ以上の広範囲に影響が及ぶ可能性がある。

森で見失った真木が移動手段を用意していたかどうかはわからないが、やるなら今しかない。あらゆる手段を使って向かっているはずだ。

とにかく急ぐしかない。

新幹線が東京駅に滑り込むと、真っ先に飛び出し、地下鉄大手町駅へ続く地下通路を走る。ホームまで五百メートルほど移動する必要があるが、これが一番早い。この時間帯は交通量が多く所要時間は読めないが、地下鉄なら十五分ほどでスカイツリーのある押上駅まで行ける。

ひと駅ごとの停車と乗客の乗り降りがもどかしい。駆け込み乗車をする者を殴り飛ばしたくもあるが、これが一番早いのだと言い聞かせ、つり革を強く握って耐えた。

押上駅に着くとホームを駆けあがり、展望台の受付がある四階を目指す。

平日の昼間でありながら利用客は多いようだ。

「すいません!」

列の整理をしていた女性係員は、汗と硝煙にまみれた男にたじろぎながらも、プロ意識を見せ、どの客にも見せているであろう笑みを浮かべた。

「はい、いかがされましたでしょうか」

「警視庁の宮間です。大きな銀色のスーツケースを持った男が展望台に上りませんでしたか？」

さすがに戸惑いを見せる係員に、豊川はジャケットの内ポケットから警察手帳を取り出し、チラリと見せた。じっくり見られると豊川の写真が上から貼り付けられているのがわかってしまうので、他の客の注意をひかないように配慮している体を取り繕った。

「ええっと……スーツケース、ですか。何人かいらしたと思いますが、刑事さんが探しておられる方かどうか確信が持てません、すいません」

「どこかに怪我をしているかもしれません。足をひきずるとか、腕を庇うようなそぶりをするとか。あとは血痕が服に――」

ここまで言って、豊川は自分が前のめりだったと気づいた。係員は完全に引いてしまっている。

クレーマーに絡まれていると思ったのか、スーツ姿の女性が現れた。三十代半ばのキャリアウーマンという雰囲気だった。

「展望台運営のマネージャーをしております井崎《いざき》と申します。なにか不手際がございましたでしょうか」

マナー講師のような立ち居振る舞いの井崎に、豊川はさっきと同じように警察手帳を見せた。

「警視庁捜査一課の宮間です。実はある重要人物を追っており、お話を伺っておりまし

「左様でございますか。それでは私のほうで対応させていただきます。どのようにご協力をさせていただければよろしいでしょうか」

井崎は係員を下がらせると、さりげなく列から離れたところに豊川を誘導した。観光客の目に入らないようにする意図もあるのかもしれないが、自然な動きだった。

「私も展望台に上がりたいのですが、もちろん料金はお支払いいたしますので、順番だけ早めにしていただくことは可能でしょうか」

エレベーター待ちの列の最後尾には四十五分待ちのサインが出ていた。

「それは構いませんが……あの……」

逃走者のことが気になるようだった。

「詳しくは申せませんが、ここに来る目的を持った男を追っています」

不穏な成り行きを察したのか、リップグロスを塗った下唇を軽く嚙みながら表情を曇らせたが、やがて小さく頷いた。

「かしこまりました。ご案内します」

井崎は列の最前線まで進むと、エレベーターの係員に声をかけ、定員を二名分残して次のエレベーターに回し、豊川とともに乗り込んだ。

「天望デッキは三層構造になっています」

井崎が説明する。

「エレベーターはその一番上に到着いたします。そこからエスカレーターで下に降りていき、最後はふたたびこのエレベーターで五階に戻るかたちです」

世界最速のエレベーターは一分足らずで展望台に到着した。

展望台には多くの観光客が行き交っていた。ぱっと見ではスーツケースを持った者はいないが、想像していたよりも広く、円形なので一周してみないとわからない。

「天望デッキは、平均直径が四十八メートルあって、床面積は三層で合計約四千平方メートルあります」

井崎が説明した。

「ご協力感謝いたします。ここからは私だけで大丈夫です。ちなみに、もし……もしですよ。いまこの場にいる人たちを全員避難させようとしたら、どれくらいの時間がかかりますか」

眉根を寄せ、表情を曇らせた井崎に豊川は笑みを見せて安心させる。

「もしもの話でして」

「そうですね……すべてのエレベーターを稼働させても、二十〜三十分はかかるかと」

ＥＭＰ自体は人体に影響はないが、それを発生させるために爆薬が使われている以上、周辺の物理的な損傷は逸れない。そしてそれがどの程度の威力なのか情報がないのだ。

井崎に礼を言い、豊川は天望デッキを回り始めた。

低高度爆発というが、ここからの景色を見るとかなり高く感じる。ＥＭＰが放射線状に広がると考えると広範囲に影響が及ぶのは想像に難しくない。

羽田空港、新宿、霞が関……重要施設を持つそれらの街が一望できることに、そして意外と近くに見えることに豊川は危機感を煽られないわけにはいかなかった。

天望デッキの第三層『フロア350』を一周してみたが、真木、またはスーツケースを持つ者は見あたらなかった。ひとつ下のフロアに繋がるエスカレーターに乗ろうとしたとき、反対側から、井崎が走ってくるのが見えた。

「どうしました」

言うが早いか、井崎は豊川を柱の陰に引き込んで言った。

「地下二階の警備員が倒れていたと連絡がありました」

「え？」

「社員二名も何者かに襲われたようなのですが、意識を失っただけですみ、いま連絡を入れてきたんです。警備員は怪我をしているようで、いま警察と救急隊が向かっています。いったいなにが起こっているんですか」

不安を通り越し、その目には潤んだものすらあった。

「その犯人は、この展望台を目指すはずです。ここに来る客の受け入れはいったん停止させてください。そしていまこの場にいるひとたちは、パニックにならないよう避難を開始してください」

「わかりました」

連絡をとるために背を向けた井崎だったが、豊川は壁に貼ってある館内の案内図を見て彼女を呼び止めた。

「地下二階にはなにがあるんですか。案内図には載っていませんが」

案内図はスカイツリーとその付随施設である東京ソラマチの断面図が描かれていた。警備員は地下二階で襲われたと言っていたが、図では地下一階の下は地下三階となっている。

「ああ、そこは一般のお客様は立ち入りができないエリアで、事務所や物流センターなどがあります。あ……」

井崎が細い指を揃えて口元に当てた。

「なんです?」

「犯人はここに来るのが目的とおっしゃいましたか?」

「ええ」

「地下二階には、作業用エレベーターの乗り口があるんです。それは、この上の天望回廊まで続いているエレベーターで……」

思わず案内癖が出てしまったのか、慌てて口をつぐんだ。

「ちなみに、地上四百メートルというと、どのフロアになりますか」

「この第三層が三百五十メートルですので……この上、でしょうか」

二人は天井を見上げた。

「上？」

「はい、天望デッキの上、つまり屋根にあたる部分です。テレビ局のお天気カメラやアンテナ、各種観測機器や防災設備などがあり……」

「地下二階から直接行けるんですね？」

「はい、その通りです」

「ここから行くにはどうすればいいですか」

「ご案内します」

井崎の後に続いて売店を抜ける。肘が棚に当たってスカイツリークッキーの箱を落としてしまったが、すいません、と店員に声をかけ、怪訝な顔を向けられながらバックヤードに繋がるドアを開ける。さらにもうひとつのドアを抜けると、荷さばき場に出た。奥にエレベーターが二基見えた。

「こちらに階段があります」

防火扉を開けるとグレー一色の空間に、金属製の折り返し式の避難階段があった。覗き込んでみると、はるか下まで続いているのが見えた。

「出口まで二千段くらいあるんですよ――」

びゅっと風が入り込んでドアを押し戻そうとした。

「あれ、おかしいな」

井崎が暴れる黒髪を押さえながら言った。

「どうしました？」

「ここは内階段なので、風が入り込むことはないのに」

確かに避難階段はスカイツリーの心柱の内部にあり、外に露出しているわけではなかった。

「じゃあ、どこかのドアが開いている？」

と言った時、鼓膜を引きちぎるかのような破裂音が反響し、半分ほど開けていたドアに銃弾がめりこんだ。豊川は受けた衝撃そのままにドアを閉める。

「大丈夫ですか」

尻餅をついた井崎は、無言で頷き返した。ショックを受けてはいるが怪我はないようだった。

「あなたは警察の到着を待ってください。ここから先は誰も入れないでください」

手を差し出して、引き起こす。

「警察が到着したら、相手は爆発物および銃器を持っていること、避難誘導を優先させることを伝えてください」

「わ、わかりました」

よろよろと、壁に手をつきながら立ち去る井崎の背中を見送り、豊川は銃を取り出す。マガジンを引き抜いて残弾を確認すると、もう一度避難階段のドアを開けた。今度は風もなく、抵抗なく開いた。

避難階段には最小限の照明しかなく、足音は予想外に響いた。一段ずつ慎重に登って行く。

展望台の屋上にあたる箇所につながるドアを確認し、ゆっくりと開けた。ドアの先は外ではなく、天井や床に配管が走り回る部屋で、巡洋艦の内部のような雰囲気だった。慎重に窺うが、人気はなかった。

突き当たりに、潜水艦のような頑丈なハンドルがついたドアがあった。この外は地上四百メートルの世界だ。

重いドアを豊川は肩で押し返しながら、再度、銃がいつでも撃てる状態であるのを確認し、ひと息吸いこんでから飛び出した。

身をかがめ、真木の姿があるかどうかすばやく周囲を確認する。いなかった。ならば背後か。

豊川の背後には、天望回廊を支える直径三十メートルの鉄骨が組まれており、その回りを高さ十メートルほどの壁が十二角形で取り囲んでいる。見上げると渦巻き状の天望回廊の底面が見えた。

床は金属製のグレーチングパネルで、一メートルほどの上底になっており、その下にはケーブルが這い回り、様々な機器が埋まっているのが見えた。

天望デッキの屋根部分の直径は五十メートルなので、豊川は二十メートル幅のドーナッツの上を歩いているような状況だった。

豊川は背後の壁に背中を付けながら慎重に周回を始める。時折突風が吹くものの、やはり人気はなかった。

半周ほどした時に、展望台の端にスーツケースが置かれているのを見つけた。

それはあまりにも非日常的な風景で、むしろ前衛的な芸術にも思えた。

見渡す限りの青空をバックに、ぽつんとスーツケースがあるのだ。野外の芸術作品、やはりオブジェと言われたほうがしっくりするくらいだった。

だがそれは、兵器なのだ。じわじわと日本を壊す、兵器なのだ。

豊川は慎重に歩みを進めた。

依然として真木の姿は見えない。しかし奴は必ずどこかに潜んでいるはずだ。

殺気、というのは非科学的であるが、確かに存在する。突き刺すような、冷気を伴った感覚――。

背後にそれを感じ、はっとして振り返ると、壁の上、直径四メートルほどのパラボラアンテナを支える鉄骨の隙間から閃光が放たれるのが見えた。ハンマーで脇腹を殴られるような衝撃に身体が半回転する。

銃弾をくらったというのは理解していたが、この時点ではその傷を心配するよりも、この場所から移動することがなによりも優先されることは直感でわかっていた。

だがここに隠れるところはなく、時間が経てば経つほど、動きたくても動けない状況に陥ることは確実だった。

豊川は閃光が放たれた方向に向かって走っていた。つまり、真木の真下にあたる。

真木にはそれが予想外だったようだ。

遠ざかるよりも近づくほうが修正角度は大きくなる。

さらに鉄骨の隙間から手を伸ばして狙っていたため、真下方向へ対応するにはいちど腕を引き抜き、別の隙間から狙い直すしかない。

豊川は再び十二角形の壁に張り付いた。真木の真下に位置しているが、お互いに死角でありそれぞれの姿は目視できなかった。

「お前はそこにいるがいい！　動けばお前は死ぬ！　動かなくてもあと十分で目的は達せられる！　いずれにしても俺たちの勝ちだ！」

真木の勝ち誇った声が強風を押し返すように響いた。

豊川は言い返せなかった。負傷していたこともあるが、実際にその通りだった。

どうすればいいのか。

ふわりと視界がぼやけた。吹き抜けた風の音は、耳元で囁く芽衣の声に似ていた。なんと言ったのか確かめたくて、辺りを見渡すが芽衣はいない。

深くため息をつくと、膝が崩れた。右脚全体が不快で、触れてみると血でべっとりと濡れていた。

急速に血液を失うことにより脳への血流が減り、結果、酸素が欠乏し正常な思考を行うことができなくなる。

遠ざかる意識のなかでも、かつて授業で教わったことは思い出せるものなのかと皮肉に思った。

豊川は背中を壁についてなんとか体を支えていたが、ずり下がり、尻餅をついた。それでも姿勢を維持できず、ついには倒れた。

横向きの青空、それもぼやけ、ほんの少しでいいから目を閉じたいという欲求に逆らうことが難しくなっていた。

幻でもいいから芽衣の声、姿を見たいと思った。

身体が軽くなっていく。

聞こえた。芽衣の声が……なんだって？　なんて言った？

『さっさと立てってつってんだよ！　このクソ野郎！』

豊川ははっと目を開ける。相変わらずそこには横向きの青い空。だが、視界はハッキリとしていた。

横向きになっていくらかの血液が重力に抗うことなく脳に酸素を運んでくれたのかもしれなかった。

せっかく気持ちよく夢の中で芽衣と再会しようと思っていたのに、割り込んできたのは朱梨だった。なまじ声まで似ているのが憎たらしい。

いくらか脳が酸素を得られたからといっても、血流の絶対量は減っているために、あとどれくらい意識を保っていられるかわからなかった。

考えろ、考えろ。

だがいくら考えてもロクな打開策は浮かばず、常にひとつの答えに回帰する。

まだ体が動く間に、ここから飛び出すしかない。

そんなことをすれば、真木の格好の的になるのは間違いなかったが、ひとつだけ違うことがある。

今度は、俺は真木がそこにいることを知っている。

そこに賭けるしかなかった。

数少ないチャンスを見出すために慎重に行動すべきだというもう一人の自分が勢力を伸ばす前に、豊川は行動した。

五歩、いや四歩でもいい、俺の身体よ、動いてくれ！

むくりと起き上がった豊川は、なんとか貧血に耐えた。深く息を吸い、そして飛び出した。

一歩、二歩、と大股で進み、四歩目で踏み切って、飛んだ。ここまでに銃声が二回聞こえた。一発目は左斜め前二メートル地点に着弾したが、二発目は肩を掠った。

豊川の六歩目の着地は足の裏ではなく背中だった。前転し、起き上がらずに仰向けのまま銃を構えた。逆さまの風景の中に真木の姿を捉えた。

壁のすぐ上。複雑に組まれた鉄骨の隙間に、鬼のような形相を浮かべ、銃を構えていた。

ふたたび真木の銃口から閃光が放たれた。それでも豊川に焦りはなかった。当たらないとタカを括っていたのではない。ただ、すべてのものごとは、このためにあったのだと感じていた。

芽衣と出会い、芽衣をなくした。宮間に救われ、宮間も失った。ティーチャーこと宮間功一郎の身に起こったこと。そして、自分が成すべきこと。

不幸に思えることすら、この瞬間を迎えるためにあった。だから、真木を倒せるかどうかなど、疑問が湧かなかったのだ。

もちろん、負傷し正常な判断ができなくなっていたことは否定できないが、結果として豊川の精神状態はその極限にあって、ひどく落ち着いていた。

悠久にも感じられる時間のなかで狙いを定め、引き金を引いた。

三発を連射し、一発目が頸部に当たり、二発目は鉄骨に弾かれたが、三発目が額を打ち抜いた。

真木は驚愕の表情でなにかを叫ぼうとしていたように見えたが、なにも聞くことはできなかった。いずれにしろ、驚愕と恐怖と怒りがないまぜになったその表情のまま、真木は血を吹き、階段を転げ落ちたのが、目視ではなく音でわかった。

「先に逝ってろ」

そう呟いて、豊川は目を空に向けた。

銃声の消えた空はどこまでも高く美しい青だった。このまま空に向かって落ちていくような浮遊感があった。

だが芽衣に会いにいくにはまだ早い。

――あのクソ女がうるさいからな。

しかし、立ち上がろうにも脚がいうことをきかなかった。豊川は四つん這いでスーツケースに向かって進むが、あと五メートルを残してそれもできなくなった。

霞む景色の中でぼんやりとしか見えないスーツケースの影に手を伸ばすが、その手はなんの手応えもなく床に落ちる。その手で床をつかみ、体を引き寄せる。また手を伸ばす。

その繰り返しだった。

仮に、いまスーツケースに辿り着いたとしてもなにができるだろう。

豊川は腕を伸ばしながら、どう対処すれば良いのかを考えていた。

もし身体が万全だったとしても、おそらく爆弾の解除は無理だろう。できるとすれば、このスーツケースを投げ落とすことくらいだ。

スカイツリーの下には北十間川という江戸時代の運河に端を発している川がある。幅は十メートルほど。そこに投げ落とせれば被害が出たとしても限定的だろう。

うまく落とせば……。四百メートル下にある幅十メートルの川は足元に置いた糸のようなもので、確実に落とすことは現実的ではなかったが、ここにあるよりは電子的な被害は減るだろう。だが物理的な被害は出る。決して少なくないひとたちが下にいるからだ。

何人を巻き込むことになるのだろう。ここで爆破させたほうがいいのではないか。いや、制御不能になった車が次々に歩道に突っ込むかもしれない。上空を飛ぶ飛行機が墜落するかもしれない。被害を最小限にできるのはどっちだ。

答えのない問いのなかで、ついに這うことすらままならなくなった。

ここまできて……。

意識は朦朧とするが、芽衣は会いに来てはくれなかった。

腕を伸ばしたもののそれ以上のことができず、豊川は動けなくなった。


また突風が吹いていた。

ごうごうと音をたてて吹き下ろしてくる。

その空気を叩きつけるような音は、どこか懐かしさを感じさせた。ただ豊川にはそれがなんなのか記憶を探る力も残されていなかった。

鉄の床に何かが落ちてきたような音と振動が伝わった。やがて駆け寄ってくる足音が聞こえたが、豊川にはどうにもできない。

すると、麻痺したように痺れていた体が仰向けにされた。

「ここを押さえてろ！」

誰かが豊川の手をとり、脇腹に導いた。

「すぐに助けがくる。それまで踏ん張れ。応急処置をしてやりたいが、悪いがおれは急ぐ」

男の声だった。声の主はその場を離れたが、すぐ近くでなにか作業をしている。それにさっきから響くこの音はなんだ。バタバタと煩いが、懐かしい……。

その好奇心にも似た欲求が、かろうじて豊川の意識を繋ぎ止めた。

視力を蓄えるようにいったん目を閉じ、それからゆっくりと開けた。

ブラックホーク……。

風を吹き下ろしているのが、空に浮かぶ巨大な影――ヘリコプターであったことが幻覚ではないことを何度も確認し、ある意味ショックで、いまだけはすべての血液を脳に使わせてくれとばかりに意識を集中した。

間違いなかった。

ＵＨ－60ＪＡ、全長二十メートルの巨体が、展望台からやや離れた空中で静止していた。

視線を巡らせる。

「楢……崎？」

近くにいたのは楢崎で、ブラックホークから吊り下げられたケーブルをスーツケースに固定しているところだった。

それが終わったのか、もう一度豊川の顔を覗き込んだ。

「よくやった。俺はこいつをできるだけ遠くに運ぶ。お互い生き残ったらまた会おう」

豊川は立ち上りかけた楢崎の腕を掴むと、声を絞り出した。

「あいつはあと十分と言っていた。だが……それが……何分前のことだったのか、時間の感覚がない……」

「わかった。助かる」

そう言って頭上のパイロットにサインを送った。

そのパイロットの顔が足元の窓を通して見えた。笑みを浮かべ、大きく頷いていた。続いて機体に吊り上げられた楢崎が、無重力空間に飛び出したかのように宙を舞う。続いてスーツケースも後を追ってふわりと浮かんだ。

楢崎を収容したブラックホークはホバリングのまま九十度向きを変え、一気に機首を下げると、墜落に近いような急降下で視界から消えた。

だが彼らがどこを目指すのかはわかった。

荒川に沿って超低空飛行で東京湾に抜けるのだろう。

もしEMPが爆発しても可能な限り被害を最小限に留めるためだ。しかし、そのときはヘリは制御不能となり、立て直す間もなく墜落するだろう。命がけのフライトなのだ。

危機は去ったとは言えない。しかし豊川の役目はここまでだった。

やっと芽衣に会いに行ける。

豊川はふうっと息を吐き、安らぎを得た。

思い出されるのは出会った頃の芽衣だった。彼女のハーフアップの髪型が好きで、本を探すふりをしながら、いつもその姿を目で追っていた。

膝を折り、子供と目線を合わせて話す彼女の横顔は慈愛に満ちていた。本を扱うために冬場は指が切り傷だらけになるんです、と恥ずかしそうに隠した指先。作家に対して不公平になってはいけないと、平台をＰＯＰで埋め尽くしてしまい店長に苦言を呈されて熱弁する姿。理不尽なクレーム客から同僚を守るための毅然とした態度。

思いを募らせるもストイックに任務に徹するのが長過ぎたのか、どう声をかけていいのかわからなかった。気づけば一年の時間が必要で、ようやく食事に誘った時は、遅いです、とはにかんで笑われた。

芽衣の目的がなんにしろ、豊川の人生に彩りを与えてくれたことは確かで、その存在に心から感謝した。

彼女の思い出とともに逝けるのなら、これ以上望むことはなかった。

しかし、また駆け寄ってくる足音が響いて邪魔をする。ガンガンという鉄パネルを踏む音と振動は不快で、しかも今度はひとりではない、大勢だ。

ひとりの男が豊川の隣に膝を突き、救急隊を呼ぶ。そして胸ポケットを探ると、警察手帳を引っ張り出した。

「ふーん、俺の知っている宮間刑事は定年間近だったが、ずいぶんと若がえったらしい」

その声には聞き覚えがあった。荒川のホームレス襲撃犯を返り討ちにしたときに対応した向島署の刑事、曽根だ。

「あんたがなにを背負っているのかはしらんが、これは大事なものだろう。没収されないように俺が預かっておく。いつでも取りに来てくれ」

そこで救急隊が割って入り、豊川の傷を確認し、すぐに運ばなければと言った。

言葉が聞き取れたのはそこまでで、それからは芽衣と朱梨の幻影が交互に現れては消えた。

それぞれ、褒めてくれたり、罵られたり。

スカイツリーの長いエレベーターで降りながら、これが動いているならまだＥＭＰは爆発していないのだろう、などと考えていたところで、豊川の記憶は途切れた。

エピローグ

豊川が目を覚ましたとき、八畳ほどの部屋にはだれもいなかったが、磨りガラスを通してドアの前に何者かが立っているのはわかった。それが警察官であることは自身の右腕がベッドフレームと手錠で繋がれていることからも明白だった。

サイドテーブルに貼り付けてあった資産管理シールから、ここがスカイツリーからほど近い都立病院であることは理解できたが、あれからどれくらいの時間が経っているのかはわからなかった。

一日にも一週間にも思えた。

意識が戻ったと、医師や看護師が入れ替わり立ち替わり入室してくるが、話をするなと言われているのか、最低限の会話しか交わされなかった。さらに名札やＩＤカードの類も表示していなかったことから、自分自身がなにをするかわからない凶悪犯罪者扱いされているのだと理解した。

意識を取り戻してから数時間後、磨りガラスの向こうの影が敬礼をした。ごくろうさまです、と声も聞こえた。そしてなにか言葉を交わすと、警察官は一礼をして立ち去った。

暗殺者か。

真木の仇を伐つために狙われる可能性については常に頭にあった。ドアの外に警官がいること自体を悪く思わなかったのは、警護してくれているという側面もあったからだ。しかし連中は警察組織内部にも入り込んでいると聞く。ならば無防備なこの機を逃すまいとするだろう。

ドアが開いた。そして入ってきた中肉中背の男は笑みを見せた。

「トヨちゃん、ひさしぶり」

この人物のスーツ姿など見たことはなかったが、すぐに誰だかわかった。

「タカさん、ひとが悪いですよ」

「あれれ、あまり驚かないね」

「顔に出ないだけです」

荒川河川敷でホームレスをしていたときに世話を焼いてくれた先輩ホームレスだ。

起き上がろうとして、手錠が音を立てた。

「それはちょっと窮屈だね、外そうか？」

豊川の答えを待つまでもなく、タカによって手は自由になった。

「さて、外に車を待たせているんだが、乗りたいかい？」

愉快そうに満面の笑みを浮かべながら、窓の外に向かって指をさした。

「すいません、展開が早すぎて追いつけていないんですが」

「そんなことでよく自衛官が務まっていたな。あとでゆっくり話せばいいさ。とりあえず人払いしたものの、そんなに時間はないと思うんだ。適当なハッタリだったからさ」

「よくわかりませんが、とりあえずお願いします」

するとと自分の部屋に入ってくるような気軽さで楢崎が現れた。折り畳んで持っていた車椅子を広げ、座れと示す。

豊川はそれに従ってベッドから足を下ろした。痛みはなかったが、気だるさが強くて体がいうことをきかない。それでも楢崎は手を貸すつもりはないようだった。

車椅子に腰を下ろすとふたりはすぐに部屋を出た。看護師や患者たちが驚き、振り向いても気にすることなく猛スピードで廊下を進む。

堂々と正面玄関から外に出ると、目の前にワゴン車が滑り込み、後部スライドドアが開いた。

「乗りたいんだって?」

運転席から体を捻った朱梨がサングラスを額に乗せると、悪戯っぽい目が露わになった。くやしいが、一瞬でも芽衣と見間違えて心を躍らせてしまった自分に腹が立った。

多くの医師や警察官が駆け寄ってくるなか、車は滑り出し、三ツ目通りを千葉方面に向かって快走した。

窓の外にスカイツリーが見えた。さまざまな記憶が吹き出し、脳内がしばらく混乱した。

「ＥＭＰは？」

タカさんが答える。

「東京湾、城ヶ島の沖合三キロの海中で爆発したよ。投下したのは爆発の三十秒前だった。程度の差はあったけど、貨物船一隻がエンジントラブル、漁船とプレジャーボート合わせて五隻の魚群探知機やＧＰＳが障害を受けたが、死傷者はゼロだった」

豊川は安堵のため息を漏らした。

「よかった……」

「トヨちゃんのおかげだよ。ありがとう」

背もたれに体を預け、もう一度窓の外のスカイツリーに目をやった。

「ところで、ヘリの操縦が上手いですね。あの高度、あの強風のなかでホバリングを決めるなんて」

あの時、操縦席にいたのはタカさんだった。

「ああ、最近はコンピュータがいい仕事してくれる。この場所にいろって指示を出すと、ＧＰＳを使ってピタッと止めてくれる。あれをうまく使えるやつが上手いパイロットだよ、最近は。ロートルの俺にはちょっと寂しいがな」

豊川は体をよじって座り直す。今度は激痛が走って顔を歪めた。

「ところで、あなたはいったい何者なんですか」

タカさんは鼻のあたまを人差し指で掻く。

「かつての同僚だ。自分からは言えない部署だけどな」

豊川は得心した。

「別班……ですか」

タカさんは唇に人差し指を当てただけで、否定も肯定もしなかった。

豊川が所属していた情報本部とは別に、統合幕僚監部には『別班』と呼ばれる組織が存在するとの噂があり、秘密裏に諜報活動をしているという。それが実在し、浸透計画についてその実態を掴もうとしていたのだ。

車は亀戸天神の前で止まり、タカさんの横のスライドドアが開いた。

「じゃ、ちょっとお先に失礼するよ」

「どこに？」

「仕事だよ。これでも公務員だから。詳しくはそこのナラちゃんに」

タカさんは車を降りると、肩越しに手を挙げてみせて、あっさりと人混みに紛れていった。

「ほんとの……あのひとの名前はなんなんだ？」

豊川は助手席の楢崎に聞いた。

「さぁ。組織上は高島《たかしま》ってことになっているけど、それもほんとかどうか。いまだにあのひとが掴めない時があるよ。ホームレスの格好しはじめたときはおかしくなったかと思った」

楢崎が笑い、この男も笑うことがあるのかと豊川は思った。

「だが、それがあんたをマークすることだと聞いて納得した」

「マーク？　ホームレスの俺をどうして？」

「あんたは危険な存在だった。一歩間違えば敵側に行っていたかもしれない」

「俺が？　そんなことはあるか」

「あんたはティーチャーなる人物が率いる謎の組織に手を貸した。もし同じことを真木がしていたらどうなった？」

「妹のことを出されると、コロッといくでしょ」

朱梨が左折するついでのように言いながら笑った。残念ながら否定はできなかった。

「だから、〝ドリフター〟が正しい道に進むかどうかを監視していた。特に外村があんたを抱き込もうと画策していたからね」

「じゃあ、あんたはその外村の監視を？」

「そういうことだ。別班は外村を随分前からマークしていて、俺は人事異動を装って外村の部下を演じながら監視の任についていた」

なるほど、と頷いた。

外村の勘も、あながち外れてはいなかったようだ。

「ところで、なぜふたりが一緒にいるんだ？」

運転席と助手席に座る朱梨と楢崎に聞いた。

「なぜって、キャンプ場でLINEを交換したからよ。それで〝豊川を拉致するから協力してくれ〟と昨日連絡があって。面白そうだからついてきたってわけ。別に自衛隊と組んでるわけじゃない。あんたを連れ出すためだけよ」

車は荒川を渡った。少し前までこのあたりを空き缶を探して歩き回っていたのを思い出す。あれから起こったことがどこか現実離れして感じられた。知らなかったことを知り、芽衣がどんな気持ちで自分と付き合っていたのか想像した。

さらに東へ進む朱梨に聞いた。

「どこへ行くんだ？」

「スイートホームよ」

豊川の目の前にはあの屋形船があった。ただし、第一弁天丸となっている。

「そりゃ、二があるなら一もあるに決まってるでしょ」

戸惑い気味の豊川に朱梨が言い放ち、電子ロックのパスコードを入れる。

「ロックな三四郎か？」

正解だったようで、朱梨が笑った。

船内に入ると、正面にコンピュータがあり、あのキャラクターが表示されていた。ナースの格好をしているのは、いま思えば坂下のことなのかもしれない。

豊川は近づき、スペースキーを連打した。

『ひさしぶりね、豊川さん』

「ティーチャー。あんたが男なのは知っている。女言葉はやめてくれ」

『あら、いいじゃないの。なにか困ることでもあるの？　情報はできるだけ攪乱するのが諜報戦の基本戦略じゃないの？』

豊川はため息をついた。

「で、どうなんだ。容体は」

『そうね、OSを再インストールした感じね。まだあちこちメンテナンスは必要だけど、前よりは良くなったかしらね』

しばらくの間があった。

『助けてくれてありがとう』

豊川は俯きながら口角をあげた。

「それで、いまは安全なのか」

『ええ。坂下の姉さんと旅に出ているの。いまわたしがどこにいるのか、他にはだれも知らないわ』

「旅？」

『そ。移動できないがために危ない目に遭ったしね』

キャンピングカーのような車で移動しているのだろうかと想像したが、本当はどうなのかわからない。だが豊川は安堵し、よかった、とひとりごちた。

『あ、でもね、詰田朱梨と楢崎なる人物は信用しないでね。今回はたまたま目的が一緒だったけど、基本的には別の組織だからいつ寝首を掻かれるかわからないわよ』

「おーい、まだここにいるよー」

朱梨が背中越しに言った。

『特にその女。妹と瓜二つだから正常な判断をくだせない可能性があるでしょ。今回だってあなたは冷静さにかけた行動を取ったことが何度かあったわよ。それから、ねえ！ そこの女！ ウチの豊川を惑わさないでよね』

「なんだとこのブリキ野郎。いっとくけど、あたしもあんたの救出に行っているんですけど？」

豊川を押しのけて前に出ようとした朱梨を押し留めた。放っておいたらコンピュータを叩き割ってしまいそうな勢いだったからだ。

「見てろ」

朱梨はそう言うと、いきなり豊川の首に腕を回し、唇を重ね、一秒後につき放した。

「どうだ！」

どうだというのが、誰に対して、なんのためだったのかわからず豊川は硬直した。

「じゃね」

朱梨は手のひらを閉じたり開いたりしてみせながら、ティーチャーの聞くに耐えない悪態を背に、船を降りていった。

「修羅場に立ち会う趣味はない」

楢崎は豊川の肩を叩き、口にはしなかったが、女は大変だな、と目で示してから立ち去った。

豊川は壁によりかかり、あぐらをかいて座った。脇腹にまだ違和感があって顔を歪めた。

「さて、ティーチャー。次はどうする」

『まずあなたは追われる身。病院から脱走したことで、治療優先で保留になっていた嫌疑がほぼクロで確定しているから』

「おいおい……」

どうして病院から連れ出したのかと問いたくなったが、あのまま残って事情を話してどれだけ伝わるかわからないし、計画に関わる者たちによって暗殺者を差し向けられ、闇に葬られていた可能性を考えると、判断は正しかったのだろう。

『豊川亮平は一旦捨ててもらうわ。状況によって名前は変えてもらうことになるわね』

「流れ者の〝ドリフター〟か。だが俺たちだけで、なんとかなるのか?」

『必要な時は、さっきのアバズレや筋肉バカを利用すればいい。ま、巨大なダムも、小さな穴をひとつ開けるだけであとは自らの重みで崩壊するように、我々にもまだできることはあるわ。とりあえず、あなたはゆっくり休んで体力を回復させて』

豊川はうなずいて、横になった。

真木によるEMPテロは阻止したが、浸透計画はいまだ進行中だ。芽衣を殺した本当の首謀者が誰なのかもわかっていない。

それが焦燥感を掻き立てて豊川を落ち着かなくさせたが、開け放った障子窓から入ってきた風に誘われるように、ふうっと深く息を吐き出した。

柔らかい風で、秋色を深める空を見上げながら豊川は目を閉じた。

まどろみ、しばらく芽衣との記憶と戯れた。

そして大きく目を見開く。

まだ、終わってなどいないからだ。

本作品は書き下ろしです。
協力・アップルシード・エージェンシー

双葉文庫

か-60-01

ドリフター

2022年4月17日　第1刷発行

【著者】
梶永正史《かじながまさし》
©Masashi Kajinaga 2022

【発行者】
箕浦克史

【発行所】
株式会社双葉社
〒162-8540 東京都新宿区東五軒町3番28号
［電話］03-5261-4818(営業部)　03-5261-4831(編集部)
www.futabasha.co.jp（双葉社の書籍・コミックが買えます）

【印刷所】
大日本印刷株式会社

【製本所】
大日本印刷株式会社

【カバー印刷】
株式会社久栄社

【DTP】
株式会社ビーワークス

【フォーマット・デザイン】
日下潤一

ISBN978-4-575-52563-2 C0193
Printed in Japan